" çünkü insana
en çok kitap yakışıyor
ve mürekkebin
kuruduğu yerde
kan akıyor! „

carpe diem kitap

carpediemkitap.com

ben adamı tipinden tanırım

hazırlayan: fulya taşçeviren
konsept danışmanı: ömer sevinçgül
yayın yönetmeni: sibel talay
kapak illüstrasyon: ravza kızıltuğ
kapak tasarımı: time tunnel
iç sayfa illüstrasyonlar: time tunnel
baskı-cilt: sistem matbaacılık
yılanlı ayazma yolu no:8
zeytinburnu/istanbul
(0212-482 11 01)
matbaa sertifika no: 16086

gençlik edebiyat kitaplığı
ciddi ciddi komik kitaplar-6
isbn: 978-975-6107-61-4
1.baskı, istanbul, nisan 2009
10.baskı, istanbul, nisan 2012

carpe diem kitap
lacivert yayıncılık san ve tic ltd şti.
cağaloğlu alemdar mah.
alayköşkü cad. no: 5 kat: 2
fatih / istanbul
0212 514 63 89 / 0212 511 24 24
kitap@carpediemkitap.com
www.carpediemkitap.com
copyright© carpe diem kitap
yayıncılık sertifika no: 12366

fulya taşçeviren

ben adamı tipinden tanırım

fulya taşçeviren

konya doğumlu... ayakta durmaya başladıktan hemen sonra kendi etrafında dönmeye başlaması doğum yeri nedeniyle önceleri "mevlana torunu" olmasına bağlansa da yıllar sonra fazla düşünmesi ve felsefe bölümünü seçmesiyle bu algılama "dönerken kafasını bir yere mi çarptı acaba?" şekline dönüştü. üniversitedeyken ünlü bilim adamlarının resimleri altında gördüğü "onların da zamanları seninki gibi yirmi dört saatti." yazısından çok etkilenip örnek aldığı kişilerin resimlerinden hazırladığı tablonun altına yazdığı bu yazı sevdikleri kişiler tarafından "onların da zamanları yirmi dört saatti, ama öldüler." şeklinde yorumlanınca insanların algılarında yarattığı kalıcı izlerden korktu, fakat anlaşılmaktan ümidini kesmemiş olacak öğretmen oldu. anlatıp anlaşıldığı, sevip sevildiği, eğlenip eğlendirdiği bir de üstüne para aldığı bu mesleği çok sevdi. yazıp yönettiği okul tiyatroları öğrenciler ve öğretmenler tarafından çok sevilse de bu sefer de müdürler tarafından anlaşılmadı.

yaşadıklarını yazdı, yazdıklarını yaşadı, carpe diemle tanıştı yazmak yazgısı oldu. anlaşılma felsefesini "carpe diem başka bir şey demiyem!" olarak değiştiren fulya taşçeviren hâlâ yazıyor...

içimdekiler

bu kitabı okuduğunda... / 7
öğrenci tipleri / 9
süslü kız öğrenci / 10
taklitçi öğrenci / 12
muhalif öğrenci / 14
yapışık ikizler / 16
baba öğrenci / 18
çalışkan öğrenci / 20
tembel öğrenci / 22
öğretmenin her dediğini yapan öğrenci / 24
öğretmen tipleri / 24
dersi yaşayan öğretmen / 25
idealist öğretmen / 27
kuralcı öğretmen / 29
şakacı öğretmen / 31
nöbetçi öğretmen / 33
anlayışlı öğretmen / 35
mesaili öğretmen / 37
baba öğretmen / 39
anne-baba tipleri / 41
fazla koruyucu anne-baba / 42
fazla rahat anne-baba / 44
otoriter anne-baba / 46
müdafaacı anne-baba / 48
tutarsız anne-baba / 50
sevecen anne-baba / 52
âşık tipleri / 55
çapkın âşık / 55
maço âşık / 57
utangaç âşık / 59
romantik âşık / 61
sevgi kelebekleri / 63
evlenilecek âşık / 65
mazideki âşık / 67
dinledikleri müzik türüne göre tipler / 68
arabesk tip / 69
rockçı tip / 71
popçu tip / 73
halk çocuğu tipi / 75
özgüncü tip / 76
fantezi tip / 77
rapçi tip / 79
klasik tip / 81
roman tip / 83
koca tipleri / 84
iyimser koca / 85
anneci koca / 87
politikacı koca / 88

kazak koca / 90
idealist koca / 92
beklentili koca / 94
evlenince değişen koca / 96
kadın tipleri / 98
evlenince değişen kadın / 99
mutedil kadın / 101
asla unutmayan kadın / 103
cefakâr kadın / 105
kıskanç kadın / 107
kırsal kadın / 109
paragöz kadın / 111
komşu tipleri / 113
çat kapı komşu / 113
selamsız komşu / 115
şamatacı komşu / 116
sinameki komşu / 118
meraklı komşu / 120
ahretlik komşu / 122
komşuluk testi / 124
çağlara göre tipler / 129
çocuk ruhlu 70'liler / 129
mazoşist 80'liler / 132
ara kuşak 90'lılar / 136
postmodern 2000'liler / 139
tezgâhtâr tipleri / 143
İşine adanmış tezgâhtar / 143
havalı tezgâhtar / 145
işyerini kafe sanan tezgâhtar / 147
gardiyan tezgâhtar / 149
müşteri tipleri / 151
kararsız müşteri / 151
şikâyetçi müşteri / 153
kötümser müşteri / 155
kendini kaybetmiş müşteri / 157
tipi tipler / 159
mesleğiyle bütünleşmiş tip / 159
işiyle işi olmayan tip / 161
çocuk ruhlu tip / 163
alıngan tip / 165
takıntılı tip / 167
çekingen tip / 169
palavracı tip / 172
narsist tip / 174
iş bitirici tip / 176
İnsan gibi İnsan tip / 178
psikolojide tipler / 180
tipler teorisi / 180
türk tipi / 187
otobüs yolculuklarında rastlanan
insan tipleri / 191
nesli tükenen insan tipleri / 192
kaynaklar / 193

Bu kitabı Okuduğunda...

Genelde görüntü, sima anlamında kullandığımız "tip" kelimesi kişilik, karakter, mizaç kavramlarıyla da aynı anlamda kullanılır ve bir kavram karmaşası yaşanır. Oysa mizaç (huy) ve karakter dediğimiz şeyler kişiliği meydana getiren birimlerdir ve hepsinin anlamı farklıdır.

Mizaç yani huy, kişiliğin doğuştan gelen, karakter ise yaşantı ve deneyimler sonucu oluşan yanını temsil eder.

Kişilik ise, bir insanı başkalarından ayıran bedensel, zihinsel ve ruhsal özelliklerin bütünüdür.

Bir insanın içe kapanık olması mizacını, dürüst olması karakter özelliğini, içe kapanık dürüst bir insan nitelemesiyle başka insanlardan ayrılması ise kişilik özelliğini belirtir.

Tip ise, aynı cinsten bütün varlık ve nesnelerin temel özelliklerini büyük ölçüde kendinde toplar.

Biz bu çalışmamızda bazı kişilik tiplerini incelemeye çalıştık. Fakat unutmamalıdır ki, ne kadar insan varsa o kadar da insan tipi vardır. Kişiliğimiz de parmak izimiz gibi olduğu için herkesi anlatmak ya da kategorize etmek imkânsızdır.

Bizim yapmaya çalıştığımız, insanların bazı ortak özelliklerinden yola çıkarak tanımlamalar yapmak ve "Anadolu çocuğu musun yoksa çılgın çocuk İso mu? Evde süt dökmüş kedi dışarıda aslan mısın? İçi başka dışı başka nar mısın, karadut musun, çatal kara mısın? Biri sana 'tipim değilsin' dediğinde neyi kastetti diye merak ediyor musun? Tertipli misin, Antepli misin? Depresif Pollyanna mısın, Agresif Heidi misin?" sorularına yanıt vermeye çalışmak...

Bu kitabı okuduğunda, "Valla aynı benim annem." "Naciye Teyze, bak senden bir tane daha varmış." "Aaa bu beni anlatıyor." gibi cümleler kurabilirsin, şaşırma! Çünkü:

Yalnız değiliz, hiçbirimiz...

İyi okumalar...

Fulya Taşçeviren

Gençtirler. Aktif, dinamik ve heyecanlıdırlar... Kanları kaynamaktadır. Bastıkları asfalttan çimenler çıkar. Öğle arası yarım ekmek döner yerler. Otobüslerin arka sıralarında gülüşürler. Onlar bizim gençlerimiz ya da bizzat gençliğimiz... Görelim...

Süslü Kız Öğrenci

Ön sırada oturur ama dersleri iyi değildir. Bunu umursamaz. Ukaladır, öğretmenlerle arası iyi değildir. Bu nedenle özellikle bayan öğretmenlerin kendisini kıskandığını bile iddia edebilir. Devamlı gençlik dergileri okur. Ders esnasında dahi bir elinde cımbız bir elinde ayna olan bu tip evde yalnızken, aynasıyla baş başa kalınca da aynı şeyi yapmaktadır. Bunu kendisi için yapıyordur, "ben kendim için süsleniyorum" der. Göz kalemi, rimel ve dudak parlatıcısı çantasında mutlaka bulunan malzemelerdir.

Saçları genellikle boyalıdır. Saçlarının boyası yine boyanmak suretiyle idare tarafından eski rengine döndürülen kız öğrenci, erkek öğrencilerin ilgi odağıdır. Sınıftan çıktığı anda mutlaka erkekler peşine düşer. Herkese mavi boncuk dağıtır, fakat genellikle üst sınıftan ve okulun en popüler olan çocuğuyla arkadaşlık eder. Hatta bazen sırf havası olsun diye başka okuldan bir çocukla bile arkadaş olabilir.

Bu tip öğrencinin yeni çıkış yapmış yakışıklı popçuyu izlerken salyaları akar. Sevgilisi hatta sevgilileri olsa da bu tip, âşık olmaz. Çünkü cildinin güzelliğine dikkat etmek zorundadır ve aşk cilde iyi gelmez.

Zaten bu öğrenci, harçlığının büyük kısmını da kozmetik ürünlerine ve giyim kuşama harcar. Okul kıyafetini pek de sallamaz. Hatta okul kıyafetlerini de daraltmak, kısaltmak, okul gömleğinin içinden görünecek şekilde değişik badi ve tişörtler giymek suretiyle modaya uydurur.

Diğer kız öğrencilerin kıskandığı ve sık sık hakkında dedikodular yaptığı biridir. Ama o bunları önemsemez. Ona göre bu dedikodular onun ne kadar önemsendiğinin bir kanıtıdır.

Süslü kız öğrencinin, sanıldığının tersine, genellikle babası çok sert ve tutucudur, ama o bunu da umursamaz. Belki de yaptıkları bir anlamda ailesine tepkidir.

Taklitçi Öğrenci

Her okulda muhakkak ondan bir tane vardır. Tiyatral yeteneği gelişmiştir. Sanatçı ruhludur. "Ben duygu insanıyım. Şiir yazarım. Resim yaparım. Aşk benim göbek adımdır." gibi cümlelerinden hatırladığımız bu öğrenci, ailesi tarafından genelde dışlanır. "Okumayıp da nolcan, kötü kadın mı olcan başımıza?" şeklindeki sözlerle azarlanan öğrenci, "Sapık mı olcan başımıza, nü nü kadınlar mı çizcen ulan sen, bu yüzden mi para döktük sana?" gibi eleştirilerin de odak noktasıdır.

Veli toplantısında sadece matematik ve fizik öğretmenleriyle görüşen, resim, müzik ve beden eğitimini dersten saymayan bir veliye sahip olan bu öğrenci, ya ideallerinden vazgeçerek matematik mühendisliği okuyup ömür boyu mutsuz olur ya da içinde ne de olsa çizim var deyip mimar olup, sosyal etkinliklerle içinde kalan resim, tiyatro sevgisini doyurmaya çalışır.

Taklitçi öğrencinin dersleri pek de iyi değildir. Dersten ziyade öğretmenlerin hareketleriyle ilgilenen bu tip, genellikle öğretmenlerin taklidini yaparak arkadaşlarını eğlencenin tavanına vurdurur. Ünlülerin de taklidini yapabiliyorsa popülerliği daha da artar. Ders sıkmaya başladı mı ona başvurulur ve dersi kaynatması istenir. Hocaların taklidini yaparak sınıfı eğlendirir.

Başarılı bir taklitçi öğrenci ayrım olmaksızın her hocanın taklidini yapabilmelidir. Öğretmenler, başka öğretmenlerin taklidini yaptırarak eğlenir, bir yandan da, "Bakın siz yapıyorsunuz ama ben meslektaşımın arkasından gülmüş gibi olmayayım." tadında cümleler kurarlar. "Benim de taklidimi yapıyor musunuz?" sorusuna hep, "Hayır hocam!" yanıtı alan lise öğretmenlerinin aslında hepsi taklit edilir.

Notları yeteri kadar iyi olmasa da, bu öğrenci tipi, sosyal etkinliklere katılımı, tiyatro vb. etkinliklerde rol alması nedeniyle bir şekilde sınıfını geçer.

Muhalif Öğrenci

Her şeye muhaliftir. Devamlı yargılayıcı bir tutum içindedir. Bağımsız ve kural dışı davranma eğilimindedir. Küçük yaşlarda eleştirmeyi öğrenmiştir. Diğer kişileri aşağılamayı sever. Herkese karşı ileri sürülecek fikirleri vardır. Bu karşıt fikre gerçekten inanıp inanmadığı önemli değildir, sadece ters bir laf etmesi lazımdır.

Yersiz espriler yapar ve sınıfın gülmekten kırılmasını bekler. Hocayla alaycı konuşmanın kendisini diğer öğrencilerin gözünde yükselttiğini sanır. Ders sırasında hocanın sözünü iki cümlede bir kesip bilmiş bir edayla soru soran, ne dediğini bilmez, ağzından çıkanı kulağı duymaz öğrenci tipidir. Bu tip kendine öyle bir güvenir ki, hoca leb demeden leblebiyi anladığını sanarak söz kesip durur, sabır taşırıcı yorumlar yapar.

Bu muhalif öğrencilerin aslında bazıları gayet zekidir. Son derece de hareketlidirler. Bazıları bilime ilgi duyar, araştırmalara yönelirler. Sınıfta pek söz dinlemedikleri, diğer çocuklarla iletişimde zorlandıkları ve bazen kaba olabildikleri için öğretmen için zor öğrencilerdir.

Diğer çocukların oyunlarına ve genel konuşmalarına katılmadıkları için garip görünebilirler. Aile ve okulun istediği yoldan değil de kendi istedikleri yoldan giden bağımsız çocuklardır. Böyle olunca da derse olan ilgilerini kaybedip yaramazlık yapmaya ve davranış sorunları göstermeye başlarlar.

Aktif olmasına izin verildiğinde oldukça başarılı olabilir. Kıpırdamadan oturması ve bilgiyi yalnızca aklında tutması isteniyorsa, sınıfın çok gerisinde kalabilir hatta eğitimini sürdüremeyebilir. Bu öğrenci tipi kendisine nedenleri açıklanmadıkça kurallara uymaz, ancak kuralların anlamlı olduğunu düşünürse onlara uyar.

Yapışık İkizler

Yapışık ikizler birbirinin canıdır, ciğeridir. Popüler deyimle "kanka"dırlar. Yeri gelir birbirlerine ailelerinden bile yakın olurlar. Her şeylerini birbirlerine anlatırlar. Her yere beraber giderler. Okuldan kaçsalar beraber, kopya çekseler beraberdirler. Aynı sırada otururlar. Tek yumurta ikizi olsalar bu kadar beraber gezmezler.

Notları da birbirine çok yakındır. Öğretmen genellikle isimlerini karıştırır. Arkadaşları bile onları bir bütün olarak algılar. Çoğu zaman beraberlikleri aşkta da devam eder. Mesela eğer erkekseler genellikle aynı kıza âşık olurlar. Kız ikisinden birini tercih ederse öbürü için artık bir bacıdır. Kabul edilmeyen erkek, arkadaşının aşkına büyük saygı duyar. Böylece aralarında su sızmadan arkadaşlıkları devam eder.

Ancak bu yapışık ikizler kız iseler olay çok farklı yönde ilerler. Erkeklerin tersine kız yapışık ikizlerin dostluğunu bozacak tek şey bir erkektir. Aynı erkeğe âşık oldular mı ne kankalık kalır ne bir şey. Sanki o bütün yaşanılan, bütün paylaşılan şeyler yalandır. İki ezeli rakip ve düşman haline gelirler.

En vahimi ise bu yapışık ikizlerin ayrı cinsten olma durumudur. Bir kere ailelerine dost olduklarını bir türlü anlatamazlar. Kimi durumlarda bu iki kişi birbirine âşık olurlar. O kadar çok beraber zaman geçirmişlerdir ki, beraber ağlar beraber gülerler çoğu zaman, o kadar çok şey paylaşırlar ki yalnız kaldıklarında beraber yaptıkları şeyler gelir akıllarına, belli bir süre sonra beraber değilken birbirlerini özlemeye başlarlar.

Sonra birden fark ederler ki, içinden çıkılmaz bir yola girmişlerdir, bir yandan sevip söyleyememek bir yandan da eğer söylerlerse arkadaşlıklarının bozulma riski mahveder onları, uykusuz geceler başlar. Bazen arkadaşlıkları çıkmalarıyla son bulur.

Baba Öğrenci

Dersle pek ilgisi olmayan bu öğrenci, tatlı diliyle sohbet ortamlarının vazgeçilmez parçasıdır. Delikanlı, küfürbaz ve de komiktir. Ya çok zengindir ya çok fakirdir ama ne olursa olsun, görmüş geçirmiştir. Büyük ihtimalle bir iki sene sınıfta kalmıştır. Sınıfın bir parçası olduğunu hisseder.

Anlatacak çok macerası vardır. Olgundur. Fedakârdır. Arkadaşlarının her derdine koşar, paraysa para, kopyaysa kopya. Onun için arkadaş ve dost kavramları çok kutsal kavramlardır. Önüne gelen herkesle arkadaş olmaz, olamaz. Hayatına girecek olan insan adeta düzinelerce sınavdan geçmelidir. Tüm bu uzun süreçten sonra bir insana dost sıfatını yakıştırdığı zaman artık o insan için yapamayacağı şey yok gibidir.

Genellikle orta sırada oturur. Herkesle iyi ilişkileri olduğundan burayı seçmiştir. İyi kopya çeker. Rahattır. Hiç bir zaman illa beni sevsinler, illa benimle vakit geçirmekten keyif alsınlar diye bir derdi yoktur. Kendi gibi oluşu ve rahat tavırları ile yeni girdiği bir ortamda bile fark edilir ve bu nedenlerle diğer insanlar onun yanında huzur bulurlar.

Baba öğrenci kantinde sıra beklemez. Bu onun babalığından, ona duyulan saygıdan ve tabi biraz da heybetinden kaynaklanır. Baba öğrenci arkadaşlarını her türlü belaya karşı korur. Bir kavga oldu mu başvurulan ve arkasına sığınılan kişidir. Dürtüsel olarak her olayda kendini ortaya atar.

Hem çalışkan hem tembel öğrencilerce sevilir. Genellikle heybeti ve görmüş geçirmişliği sayesinde sınıf başkanı seçilir. Kimseden hiçbir şekilde sözünü esirgemez. Özellikle hocalara karşı ağzı çok iyi laf yapar. Düşündüklerini hiç çekinmeden söyler. Arkadaşlarını satmaz. İmanlı çocuktur. Oruç bozmaz. Cumaları kaçırmamaya çalışır. Yılda bir tıraş olur. Saçı hep tıraşsızdır. Hocalar saçını kestirmesini söyler dururlar ama o dinlemez.

Çalışkan Öğrenci

Genellikle kısa boyludur ve en ön sırada oturur. Yararcıdır. Bir şey eğer ona fayda sağlamıyorsa anlamını yitirir. Hayatına giren insanlarda bile bir fayda, bir kazanç peşindedir, "Bir insan bana artı bir değer katmıyorsa arkadaşım olmayı da hak etmiyor." diye düşünür. Pratik ve düzenlidir. Otoriteyi kabul edip, destekler. Dakiktir, zamanını iyi kullanır.

Öğretmenlerin gözdesidir. Öğretmek için insanı teşvik eder. Küçük yaştan itibaren sınıftaki atmosferden kendisini sorumlu hisseder. Öğrenmeyi sever ve her şeyin her şeyle ilişkisi olduğunu görerek bilginin anlam ve önem taşıdığını düşünür. Ona kişisel dikkat göstermeyen bir öğretmen olduğunda ise öğrenmekte güçlük çeker.

Ders çalışmaktan zevk alır. Öğrenci milleti arasında "inek" olarak tanınır. Ondan ders notu isteyen arkadaşlarını "Bende de yok." yalanıyla geçiştirir.

Diğer öğrencilerin coşup eğlendiği sırada yüksek sesle, "Biraz sessiz olun, dersi dinleyemiyorum!" şeklinde arkadaşlarını hocaya ispiyonlar. Her sınav sonrası ağlar. İyi not aldı mı da "O kadar beklemiyordum." deyip sevinç içinde yanındaki arkadaşına sarılır.

Öğretmenin unuttuğu ödevi hatırlatıp, "Örtmeniiim hani çözerseniz iyi olur diyerekten eve verdiğiniz ödevler vardı ya onları kontrol etmeyecek misiniz?" diyerek diğer öğrencileri çileden çıkarır.

Dersi anlatan öğretmene adeta kilitlenmiş gibi bakar. Hoca "Bu konuyu diğer ünitede daha ayrıntılı işleyeceğiz." dediği anda kitabını açıp, diğer üniteye bakmadan duramaz. Tüm sınıf kopya çekmenin yollarını ararken o, engin bilgilerini kimseye göstermemek için sınav kâğıdına kapanarak yazar.

Yaz kış okul kurallarına uymak için okul üniformasını tam tekmil giyer, yakası son düğmeye kadar ilikli, kravat veya kurdelesi son düğme hizasında bağlıdır. Ailecek tatile gidildiğinde bile yanına birkaç soru bankası almadan yola çıkmaz. Ailesinin gözbebeğidir, adeta bir güven, dürüstlük abidesidir.

Bu çalışkan öğrencilerin hem çalışkan hem sosyal olanları da vardır ki, bunlar insanı çileden çıkarırlar. "Bir insan bu kadar mükemmel de olmaz ki kardeşim!" dedirtirler.

Tembel Öğrenci

Genellikle beden dersinin bir numaralı adamıdır. Çöp kutusunu basket potası olarak kullanır. Maç organizasyonları dışında her zaman zurnanın son deliğidir. Ödevlerini yapmaz. Ders dinlemez. Pencereden ağaçları, kuşları, böcekleri seyreder. Sanırsın doğa âşığıdır!

Erkekse sakal tıraşı olmamakta ısrar eder. Okuldan kaçtığı günlerde sinema ve kafeleri tercih eder. En sevdiği şey knight oynamaktır. Kendi lehine, öğretmenin aleyhine olan tüm kuralları neredeyse bir müfettiş kadar bilir ve kullanır. Genelde okula ve derslere hep geç kalır.

Normalde selam dahi vermediği inek arkadaşını sınavdan iki gün önce bal bademle beslemeye başlar. Tüm sene yatıp sene sonunda hocalara yalvarır. "Hocam, bir tek sizden kaldım." diyerek tüm notlarını geçer not haline getirmeyi başarır. Yahut hocaların getir götür işlerini yaparak sınıfı geçer.

Sınıfta da başka bir âlemdir. En arka sırada oturur. Kalemi, silgisi falan yoktur. Öğretmen ona ne zaman kalk dese, "Kim?" diye sorar. Öğretmen, "Sen!" deyince, "Ben mi?" der.

Hayata atıldıktan sonra ön sıraların çalışkanlarını geçer. Girişimci bir ruha sahiptir. Hayatın taşlı topraklı yollarına uyum sağlamada daha başarılı olur. Büyük kısmı on sekiz yaşını doldurur doldurmaz ehliyet alır, yirmi yaşını doldurur doldurmaz da askere gider. Babasıyla araları iyi olmasa da, annesinin hep bebeğidir.

Bu tembel öğrencilerin bir de tembel olduğu halde çalışkan görünenleri vardır. Çünkü onlar tabiri caizse yalakadırlar. Çok çalışır gibi görünüp aslında hiçbir şey yapmazlar. Devamlı hocaların peşindedirler, sorular sorarlar. İşin içyüzünü bilmeyen öğretmen, "Ne kadar da ilgili bir çocuk!" diye düşünür. Genelde hocaların verdiği sözlü notu sayesinde geçerler. Öğretmenler tarafından sevilseler de arkadaşları tarafından nefret edilen bir tiptirler.

Öğretmenin Her Dediğini Yapan Öğrenci

Bu öğrenci tipine ilkokul üçe kadar her sınıfta rastlanır. Onun için öğretmenin her söylediği kanundur. Öğretmen bu dünyada görülen en başarılı, en zeki, en güzel ya da yakışıklı insandır. Öğretmenin kel, fodul, 180-90-180 ölçülerinde olması bile bir şey ifade etmez. Ona göre öğretmeni mükemmeldir.

Öğretmen "Saat dokuzda yatacaksınız." dediyse öğrenci dokuzu bir dakika geçirmez. Geçirirse annesiyle kavgaya tutuşur, niye saati kurmadın diye. Öğretmenin yaptığı resim en güzeldir. Anne veya babasının ressam olması fark etmez. Mona Lisa tablosu yapabilen bir ebeveyne bir dağ resmi çizdirirken bile güvenmez, "Sen yapamıyorsun." der.

Fakat bu durum geçicidir. İlkokul üç, eğer öğrenci duygusal yapıdaysa en fazla ilkokul beşe kadar süren bu durum, daha sonra öğretmenleri düşman gibi görmesiyle son bulacaktır.

Dersi Yaşayan Öğretmen

Dersi anlatmaz adeta yaşar. Hatta bazılarının doğum günü bile 24 Kasım olup bunlar doğuştan öğretmendirler. Duygu insanıdırlar. Genelde tarih öğretmenidirler. Ders esnasında birden gaza gelerek "Yürüyün Çanakkale'ye!" diyebilirler. Savaşları anlatırken, "Şunla şu, bunla bu anlaşma yaptı." gibi kitabi bilgilerden ziyade o zamanki insanlardan, içinde bulunulan koşullardan bahsederler.

Örneğin, Birinci Murat'ın Birinci Kosova Savaşı sonrası savaş meydanını gezerken içinde bulunduğu ruh halini, şehitleri görüşünü anlatır. Padişah, savaş meydanında bir yere

oturur, ölülere bakar, düşüncelere dalar, arkadan bir kaval sesi gelir, derken Sırplı bir hain tarafından hançerle öldürülür. Bu hazin olayı öyle bir anlatır ki, tüm sınıf gözyaşları içinde ve "Allah! Allah!" nidalarıyla sınıftan çıkarken müdür tarafından durdurulabilir.

Konusuna hâkimdir ve mesleğine düşkündür. Sağlam bir bilgi birikimine ve entelektüel alt yapıya sahiptir.

Bunlar öğretmenliği severek yaparlar. Mukabilinde alınan maaş sonra gelir. Kimi öğretmenler ders süresini kısaltma eğilimine girerlerken, bu öğretmenler ders süresini olabildiğince uzatmaya çalışırlar. Öğrencilerin karşısında olmak, onlarla konuşup tartışmak onları mutlu eder.

Fakat savundukları fikirlerin, sevdikleri tarihi kişilerin eleştirilmesine tahammül edemezler. Onlarla aynı fikirde olunduğu zaman da tatlarından yenmez, notu kepçeyle verirler.

Genelde orta yaşlı ve bekârdırlar. Anlattıkları hikâyelerden onların istediği sonucun çıkartılmasını isterler.

Örneğin, edebiyat öğretmeniyse âşık olduğu şairden şiir okur, okurken kendinden geçer, duygulanır, hatta ağlar. O an sadece o ve hayalleri vardır, öğrenciyi unutur. Sonra aynı duyguyu öğrencinin de yaşamasını ister. Öğrenci şiiri beğenmezse öfkelenir.

Bu öğretmen, işine, anlattığı şeylere o kadar âşıktır ki, başka öğretmenlerin anlattığı şeyleri küçümser, başka bir doktorun verdiği ilacı beğenmeyip değiştiren doktor misali "Size bunu mu öğretti? O öyle değil böyle..." der.

İdealist Öğretmen

Gençtir. Derse "Arkadaşlar!" diyerek başlar. Öğrencilerin ismini hemen öğrenir. Her öğrencinin başarılı olacağına inanır. Sınıf kurallarını öğrencilerle birlikte belirler. Öğrencileri de derse katmak ve üniversite sınavına hazırlamak için genellikle soru cümlesiyle ders anlatır. Örneğin, "Etkilenen değişken karşımıza ne yapıyor? Çıkıyor." "Grafiksel anlatımda grafiklere ne yapıyoruz? Baş... Vuruyoruz." "Bu fonksiyonu aynen şurada kullana... na'pıyoruz? Biliyoruz." der.

İdealist öğretmeni harekete geçiren şey, eğitim aşkı, ülke sevgisi ve idealleridir. Vatanın her köşesinin görev yeri olduğunu düşünür ve istekle çalışır. Bu öğretmen, bıkmadan usanmadan, yağmur çamur, dere tepe demeden, okul okul, köy köy, şehir şehir dolaşabilir. İlk öğretmenlik atamasında, "Gitmek istediğiniz yer ya da gitmek istediğiniz okul?" sorusuna, tereddütsüz, "Ülkemin bayrağının dalgalandığı her yer." ya da "Bana ihtiyacı olan her okul." cevabını yazmaya hazırdır.

Zorluklarla mücadele eder. Her yükün altından kalkıp, her şeyi göğüsler. Senelerce okumuş olmasına rağmen okuduğunun değerini çalışırken alamaz, ama buna rağmen mutlu olmaya çalışır.

İdealist öğretmenlik çoğu zaman bir geçiş evresidir, bu nedenle öğretmenliğin en zor zamanlarıdır. Bu evrede öğretmen mesleğe yeni başladığı için öğrencileri yaşıtı ya da arkadaşı gibi görür. Bunun için arada öğretmen-öğrenci ayrımı yapılamaz. Sonunda bu durumu fırsat bilen öğrenci, öğretmenle enseye tokat muhabbetlerine girer. Sınıfa hâkim olmakta zorlanan öğretmen, "Bir susun dişimi kıracağım." "Ya susun ya, bileklerimi keseceğim." gibi tehdit ve acındırmalarla sınıfı susturmaya çalışsa da pek başarılı olamaz.

Bu tip öğretmenlerin bir de fun kulüpleri vardır. Muhakkak okulun yarısı tarafından âşık olunan bu öğretmenler tüm bu aksiliklere rağmen en sevilen öğretmenler arasındadırlar. Fakat öğretmenler odasında sürüden ayrılan kuzu gibidirler, diğer öğretmenler onlara kurt kurt bakar ve küçümserler. İdealist öğretmen zamanla diğer öğretmenlere benzeyerek derslere sadece zamanını doldurmak için girip çıkmaya başlayacaktır.

Kuralcı Öğretmen

Otoriterdir. Sınıfın tek hâkimi ve dersin tek yöneticisi durumundadır. Öğrencilerle ilişkilerinde mesafeli, bazen de serttir. Katı bir disiplin sürdürür. Öğrenci derse bir dakika geç gelse derse almaz. İsterse en çalışkan öğrenci olsun, kravatı bir santim aşağıdaysa o günkü ders onun azarlanmasıyla geçecektir. Saçları dökük olan, bu yüzden bir tutam saç, azıcık jöle görse takan, saçı kesmeye kalkan öğretmen tipidir. Kısacık saçı bile kestirdiği olur, hatta besleme çocuklar gibi tıraş olsanız bile ertesi gün bu öğretmen, ensenize bakıp "Sen saçını kesmemişsin." diyebilir. Sınırları ve kuralları belirli ve dar çerçevelidir. Gözü devamlı öğrencidedir, ne zaman hata yapacaklar diye bekler. Sene başından sonuna dek oturacakları yerlere varana kadar her şeyleri azami düzen içindedir. Sıralar hiç bozulmaz, hep bir çizgidedir. Ders sırasında izinsiz hiçbir şey yaptırmaz ve sınıftaki öğrencilerin davranışlarını sürekli olarak kontrol altında tutar. Çok geçerli bir sebep bile olsa öğrenci sınıftan dışarı çıkamaz. Onun olduğu sınıf genel olarak sessizdir. Öğrenciler onun rahatsız edilmeyeceğini bilirler.

Öğrencinin düşüncelerine pek önem vermez. Notu bir silah olarak kullanır. Öğrenciler hata yaparlarsa zayıf nottan kurtuluş olmadığının farkındadırlar. Zayıf notu kurtarmak için ek imtihan söz konusu olamaz. Başarının böyle geleceğine inanır. Bu öğretmenin öğrencileri sadece iyi not alalım da ders başımıza dert olmasın düşüncesindedirler.

Bu öğretmenin lakabı "külyutmaz"dır. Disiplin kurulu üyesidir. İdareyle her zaman uyum içindedir, asla aleyhlerinde konuşmaz. Konuşan olursa onu da görev icabı idareye rapor eder. Ders zili çaldığı gibi James Bond çantasını enerjik bir atraksiyonla kapar ve koşar adımlarla sınıfına çıkar.

Şakacı Öğretmen

Kendisini dersin eğlenceli geçmesine adamıştır. Devamlı şaka yapar ve yaptığı şakalara genelde sadece kendisi güler. Bazen bu durumu fırsat bilen öğrenciler dersi kaynatmak için öğretmenin esprisine saatlerce gülerler. Bunun üzerine öğretmen, "Gülmesenize yeterin, anladık çok komik ama şakayı başka şeye çevirmeyin." diyerek öfkelenir. Bazen de espri o kadar harikadır ki(!) sınıf boş boş bakar, bunun üzerine şakacı öğretmenimiz derse asabi bir şekilde devam eder.

Bu öğretmenin en belirgin esprisi, "Yoklama tam mı? Olmayan parmak kaldırsın."dır.

Eğer matematik öğretmeniyse, dersi daha eğlenceli bir hale getirmek için, bir sorunun parantez açılımını şöyle anlatabilir: "Ne diyor şimdi bu? Aç beni diyor! Hay hay! Açiiim seni Yavruuum!" gibi.

Bu tip, öğretmenler odasında da rahat durmayarak öğretmen arkadaşlarına da afacanca şakalar yapar. Örneğin öğrencilerden aldığı su fışkırtan yüzükle öğretmen arkadaşına su fışkırtır, boş gofret paketini dolu bir görünüme sokarak yer misin diyerek arkadaşına uzatır. Şakacı öğretmen din öğretmeni ise durum daha ilginç bir hal alır. En çok kullandığı söylemler, "Oğlum kopya çekme, çarpılırsın." "Sırat köprüsü kıldan ince, kılıçtan keskincedir, geç derlerse ne dersin."dir.

Bir de gerçekten espri yeteneği olan öğretmenler vardır ki, bunlar nadir bulunurlar. Tam kafa dengidirler. Yaptığı espriler, anlattığı anılar insanı gülmekten kırıp geçirir. Hatta dışarıdan sesleri duyanlar, ya sınıfta bir şey oldu ya da ders boş sanırlar. Öğrenciler bu öğretmenin dersinden çıkmak istemezler. Bütün dersler keşke onunla olsa diye dua ederler. Zekâsıyla bin dereden su getirip öğrencilerinin keyiflerini yerine getirir. İnsanın "Öğretmen değil melek!" deyip alnından öpesi gelir. Diğer öğretmenler tarafından kıskanılıp küçümsense de öğrenciler tarafından çok sevilir.

Nöbetçi Öğretmen

Sabah günün ışıması ve okulun zilinin çalmasıyla nöbetçi öğretmenin görevi ve öğrencinin çilesi başlar. Öğretmen öğrenciyi kapıda beklemektedir. Öğrencileri, "Oğlum ne bu saçının hali, kestir de gel." "Kızım diskoya mı geliyorsun, topla saçını, eteğinin boyunu da uzat da okula gelen giden kendini defilede sanmasın." gibi iğneleyici sözlerle karşılar.

Nöbetçi öğretmen, ellerini arkada birleştirir, koridor boyunca yavaş adımlarla yürür, tercihen elinde anahtarlar vardır ve arada bir demirlere vurarak, koşturan ve bağıran öğrencileri susturmaya çalışır. Öğrenciler tarafından "gardiyan" lakabıyla anılır. Öğrenci ile nöbetçi öğretmen teneffüs sırasında bir ipte oynayan iki cambaz gibidirler. Öğrenci tuvalette sigara içer, öğretmen baskın yapar. Öğrenci derse girmemeli, nöbetçi öğretmen cebren ve hile ile onu sınıfa sokmalıdır. Nöbetçi öğretmen tahta ve yerler temiz olmalı diye uğraşırken, öğrenci okulu darmaduman etmenin planlarını yapmaktadır.

Bu tipteki öğretmenimiz bütün gün birbiriyle dalaşan, birbirlerinin sırtına binen, birbirlerine küfür eden öğrenci topluluğu karşısında harap ve bitap düşer. Bunun üzerine, nöbetçi öğretmenin müdüre verdiği rapor sonucu, müdürün bayrak töreni konuşmalarına da yansıyan şu manzaralar ortaya çıkar:

Şu okulun duvarlarını karalamayın çocuğum! Yazık günah, annelerinizin babalarınızın parasıyla ödeniyor bunlar...

Tuvaletleri çöp kutusuna çevirmekten ne anlıyorsunuz serseriler? Şimdi sizi buraya çıkarıp suratınıza tüküreyim mi?

Tuvaletlerde sigara içiliyor biliyorum, ama utandırmamak için yakalamıyorum.

Genç delikanlılar oldunuz. Tuvalet deliğine kola kutusu atmaya utanmıyor musunuz? Bakın şimdi deliğe atılan kutuyu tarif edeceğim. Kırmızı bir teneke, üstünde koka kola yazıyor... Bildiniz değil mi?

Kızım Necla, erkek öğrenciler kızlar tuvaletine giremiyor, o yüzden tuvaletin kapısına "Murtaza, seni seviyorum." yazmanın ve telefon numaranı bırakmanın bir anlamı yok. Oldu mu kıt akıllı kızım?

Anlayışlı Öğretmen

Öğrencilerinin duygu ve düşüncelerine önem verir. Eleştirilere açıktır. Dersi öğrencilerle birlikte hazırlar ve yürütür. Grup ruhunu ve araştırma anlayışını teşvik eder. Ödüllendirmeyi ön plana çıkarır ve dengeli kullanır. Cezalandırmayı ise çok zor durumda kalmadan gündeme getirmez.

Öğrencilerine her zaman güven verir ve güven duyar. İlişkileri samimi sıcak ve içtendir. Öğrenciler tarafından çok sevilir. Öğrencileri çok iyi tanır. Öğrenci psikolojisinden anlar. Öğrencilere bireysel olarak memnuniyetle yardım ve rehberlik eder. Onların başarılı davranışlarını övgüyle karşılar. Gerekli olan yerlerde de onları kırmadan eleştirir.

Adil ve sevecendir. Başarılı, başarısız öğrenci ayrımı yapmaz. Öğrencilerin de hata yapabileceğini düşündüğünden problemlere daha mantıklı yaklaşır. Öğrenciyi arkadaşlarının yanında bozmaz, azarlamaz, onunla dalga geçmez. Öğrencinin hafif boynunu büküK görse sebebini araştırır, ona yardımcı olur. Öğrenciler onunla özel meselelerini bile konuşabilirler. Öğrencilerinin özel hayatını bildiği içindir ki, problem çıktığı zaman kaynağını çabuk anlar ve işin üzerine sakince gider.

Bu tip öğretmen, öğrencileri devamlı kontrolde tutmaktadır ama onları hayata en iyi şekilde hazırlamak için fırsatlar arar. Koyulan kuralların nedenlerini ve topluma faydasını ikna edici biçimde açıklar. Disiplinsizlik durumunda öğrenci saygılı fakat sıkı kurallarla karşılaşır. Öğrenci ceza alacaksa bile bunun terbiyesinde faydalı olacak şekle getirilmesi için gayret sarf eder. Öğrenci af edileceği ümidini her zaman içinde taşır. Öğretmen onu yanlış anladıysa rahatlıkla öğretmenine meselenin diğer veçhesini açıklayabilir.

O öğrencilere devamlı saygılı olduğu için genelde öğrenciler de öğretmene saygısızlık yapmazlar. Oto kontrol sistemiyle yaramazlık yapan diğer arkadaşlarını uyarırlar. "Bu hocaya da bu yapılmaz." sözü kendi aralarında sık duyulur.

Değerlendirmede de objektif ve tarafsızdır. Zayıf alan öğrencinin neden zayıf aldığını araştırır. Hastalık veya elde olmayan sebepten alınan zayıf notlar için tekrar imtihan yapar. Sebepsiz zayıf notları bazen kurşun kalemle yazar, öğrenci gayret ederse iyi nota değiştirme imkânı vardır. Öğrenciler bir konuyu anlamadıkları zaman ona sorabilirler. Ders dışında da anlamadıkları bir mevzu için rahatlıkla onu rahatsız edebilirler.

Bu öğretmen tipi, öğrencileri ile sulu şakalar yapmaz, aradaki perdeyi yırtmamaya gayret gösterir. Ciddidir ama sevecendir. Planlı, amaçlı ve geniş ufuklu bir yapıya sahiptir. Amirleri onu idari kadroya almak isterler ama öğrencilerle öyle içli dışlıdır ki, o bunu istemez.

Mesaili Öğretmen

Bu tip öğretmen, öğretmenliği geçimini sağlamak için gerekli parayı kazanacağı bir iş olarak görür. Mesainin bitmesiyle birlikte onun için öğretmenlik de biter. Kendini geliştirmek ya da öğrencilerine daha çok şey kazandırmak gibi bir kaygıdan uzaktır. Dersi bilmediği gibi öğrenciyi de tanımaz. O yüzden "Aferin Yahya, sen geçen sene böyle değildin." şeklindeki teşvik edici cümlesine, "Hocam ben daha yeni geldim." gibi bir cevap alması işten bile değildir.

Tahtada soruyu çözemeyince, "Sus evladım, tahtayı göremiyorum." şeklinde sınıfı uyarır. Bunları nasıl olsa biliyorsunuz diyerek çoğu konuyu es geçer. Diğer yerleri de kitaptan okursunuz diyerek öğrencileri ezberciliğe yönlendirir. Dersi anlatmadığı gibi sınavda da zor sorarak kendi egosunu tatmin etmeye çalışır.

Ne çok katı ne de öğrencileri destekleyicidir. O öğrencilere fazla önem vermez. Amacı çok açık ve belirgin olmadığı için, önerileri de eleştirileri de pek görülmez. Öğrenciler istedikleri yolda ilerlemede özgürdürler. Öğrencilerinden fazla sorumluluk beklemediği gibi sorumluluk kazandırmaya da çalışmaz. Öğrencileri istedikleri herhangi bir çalışmayı yapmak üzere serbest bırakır. Çalışmalarında plansızlık, kararsızlık, isteksizlik ve amaçsızlık egemendir. Ve bunu öğrenciye de yansıtır. Bu yüzden öğrenci dersten kopar veya başıboşluk içine düşer.

Bu öğretmen, eğer kadınsa ev hanımı tipindedir. Okulda devamlı ev işlerinden, yaptığı yemeklerden ve çocuklarından söz eder. Yemek tarifleri verir. Her gün yeni temizlik maddeleri keşfeder, herkese tavsiyelerde bulunur. Islak mendille dolaşır.

Erkekse muhakkak dersten sonra ya lokale ya kahvehaneye gider. Onun için kâğıt oyunları, erkek arkadaşlarıyla sohbet birincil şeylerdir. Okuldaki boş zamanlarında da en çok yaptığı şey, bol argolu spor ve politika tartışmalarıdır. Kimi zaman, tanıdık bir doktordan rapor alır, dinlenir, futbol muhabbetlerine geri döner.

Baba Öğretmen

Uzun kollu, ellerinin görünmediği bir ceket ve kahverengi süveter giyer. Ders anlatmaz. Sınavda kolay sorular sorar. Kopya çekilmesine izin verir. "Hocam siz lisedeyken hiç kopya çektiniz mi?" sorusuna "Tabi, öğrenci olup da kopya çekmemek mümkün mü?" gibi bir cevapla öğrenciyle empati kurar, onlarla anılarını paylaşır.

Sınıfla sohbet halindedir. Annecim, babacım, yavrucum, evladım, kıyamam, hayatım, canım, balım, böreğim gibi sözleri her cümlenin başına koyar. Dost gönüllü, gerçek fedakâr, aşırı korumacı anne-baba gibidir, ama bu tavırlarının öğrencilere zarar verdiğini fark etmez. Herkese gülücük dağıtır, her şeye olumlu bakar. Sevilme, övülme, popüler olma beklentisi vardır. Duygusal şantajı kullanabilir...

Öğrenciler onun dersinde deşarj olurlar. Gezinirler, arkada pişti oynarlar, tahtaya karikatür çizerler. En sevilen öğretmen tipidir. Öğrenciler tarafından konulan lakabı "Baba"dır. Aşırı toleranslıdır. Öğrencilerin onun dersinden sonra başka bir dersten imtihanları varsa ve sınava çalışmak için izin isterlerse hemen izin verir. "İstediğinizi yapabilirsiniz ama biraz daha sessiz olun lütfen." der.

Baba öğretmen, öğrenciler ne yaparsa yapsınlar onları kırmak istemez. Dersleri genelde gürültülü geçer. "Kim soruyu yapacak?" deyince diğer sınıflardan duyulabilecek, "Ben! Ben!" sesleri ortalığı kaplayacaktır. Öğretmen, öğrencilerle o kadar samimidir ki, öğrenciler ona el şakası bile yaparlar. Bu yolla onlara yakın olunabileceğini dolayısıyla da problemleri daha rahat çözebileceğini söyler.

Ödevin gerekliliğine çok inanmaz. Genelde ödev vermez. Öğrenciler bazen deftersiz bile sınıfa gelebilirler. Baba tipi öğretmene göre, önemli olan öğrencinin konuyu anlayıp anlamamasıdır. Dersinden şimdiye kadar hiç kimse sınıfta kalmamıştır. Hatta notlar genelde yüksektir.

Anne-Baba Tipleri

Anne babalar bizi çocuk gibi görürler ama kendileri bazen çocuk gibi davranırlar.

Çocuk gibi, anlamazlar.

Çocuk gibi, inat ederler.

Çocuk gibi, dedikleri hemen olsun isterler.

Çocukları için önce "Ah bir büyüse!" derler, sonra "Keşke hep çocuk kalsaydı, büyüdükçe dertleri de büyüyor." derler.

Çocuk gibi, tutturdular mı tuttururlar.

Peki, bu ebeveynler kendi içinde kaça ayrılırlar? Bölünerek mi çoğalırlar? Görelim...

Fazla Koruyucu Anne-Baba

Kişileri bağımlı hale getiren anne-baba tipidir. O kadar ki, kişi otuz yaşına da gelse kendi başına bir şey yapamaz. Çünkü bu ebeveyn tipi çocuğunu hep "çocuk" görür.

Kendi ihtiyaçlarını karşılaması için çocuklarına izin vermez, "Sen yapamazsın." der. Giyimine karışır, "Onu giyme, bunu giy." der. Çocuğu kaç yaşına gelirse gelsin yemeğini yedirmeye devam eder, elinde tabak biricik yavrusunun peşinde koşar. Akşamları meyve soyup çocuğunun ağzına koyar. Kazık kadar olmuş kızının saçlarını tarar.

Devamlı çocuğunun başına bir şeyler geleceği kaygısını taşır. Okuldan yarım saat geç gelse, felaket senaryoları yazmış, gözyaşları içinde çocuğunun arkadaşlarını arıyordur. Çocuğunun bütün arkadaşlarının ve arkadaşlarının ailelerinin numaraları koruyucu ebeveynin not defterinde yazılıdır.

Fedakârdır. Çocuğu ders çalışıyor diye kendi de kitap okur, televizyonu kapatır. Çocuğunun üniversite sınavına hazırlandığı sene boyunca hiç televizyon seyretmez. Bu esnada üniversite sınavına çocuğundan çok hazırlanır. Lisede öğrenemediği konuların şimdi üstadı olmuştur. Müfredatı Milli Eğitim Bakanı'ndan daha iyi bilmektedir. Üniversite sınavında hangi bölümden ne kadar soru çıkıyor, bu soruların konulara göre dağılımı nedir noktasında da en iyi dershane öğretmenini cebinden çıkarır.

Bu aile tipinde şefkat, koruma güdüsü, disiplinin önünde gelir. Genellikle çocuklara fazla hoşgörülü ve şımartıcı davranılır. Özellikle duygusal yalnızlığı olan annelerde ve kendileri sağlıksız çocukluk geçirenlerde, sevgi ve şefkat görmeden büyümüş ebeveynlerde bu tavır hâkimdir.

Kavgayı benim oğlum mu çıkardı, isterseniz bir kere daha düşünün öğretmen hanım!

Bu aile tipinde yetişen çocuk aşırı duygusaldır. İleri yaşlarda bile etrafına bağımlı olarak yaşar. Kendi ayakları üzerinde doğrulması uzun yıllar alır. Çocuk, toplum içinde kendi başına iş yapma cesaretini gösteremez. Anne babasından ayrı kalamaz, ileri yaşlarda bile sürekli anne babasının yanında olmak ister.

Fazla Rahat Anne-Baba

"Saldım çayıra, Mevlam kayıra" aile tipidir. Çocuğa karşı ilgisiz, çocuğun ruhsal gereksinimlerine karşı duyarsızdırlar. Çocuk tek başına bırakılmıştır. Çocuğa yeteri kadar sevgi ve sevecenlik gösterilmediği gibi, ailede denetim de gevşektir. Kural yoktur, otorite zayıftır. Demokratiklik, özgürlük adı altında çocukla hiç ilgilenilmez. Her bireyin kendi ilgileriyle uğraşmasına izin verilir. Kişiler kendi kurallarını kendileri koyarlar, sorunları çözmek için kendileri uğraşırlar.

İlgisiz anne-babalar çocuğa sınırsız bir hürriyet tanır, "Ne yaparsa yapsın!" derler. Böyle bir ortamda yetişen çocuklar son derece serbest olurlar. Bir kısım kabiliyetleri iyi gelişebilir. Fakat iyi yönlendirme yapılmadığından kendilerine ve başkalarına pek de faydalı olamazlar. Çocuk "Ben öğretmen olmak istiyorum." dediğinde gevşek aile "Bize ne, ne olursan ol…" der.

Bu tip anne-babalar, çocuğa verdikleri sözleri tutmazlar. Çocuğun sorumluklarından kaçarlar. Mesela veli toplantılarına gitmezler veya bu "çekilmez işi" birbirlerinin üzerine atmaya çalışırlar.

Çocuğa zarar verici davranışları yeterince anlatmazlar, neyi yapıp neyi yapmaması gerektiği konusunda yol göstermezler. Adeta çocuğa "Ne halin varsa gör!" mesajını verirler. Bu boş verilmişlik duygusu içindeki çocuk, anne babasının dikkatini çekmek için alışılmadık davranışlar sergiler. Çünkü bu tip aile, çocuk bir şey yapmadıkça onunla ilgilenmez.

Ailesi çocuğa model olamadığı için çocuk kendine başka modeller seçer. Gençlik dönemlerinde, vaktinin tümünü arkadaşları ile geçirir. Genç yaşta zararlı alışkanlıklar edinmeye meyilli olur. Talepleri ve ihtiyaçları yerine getirilmezse çöküntüye uğrar, toplum karşıtı eğilimler geliştirebilir. Asi karakterli, otorite tanımayan, ben merkezli bir kişilik haline gelir, bencil ve şımarık olur. Okul hayatına da önem verilmediği için çoğu okulu bırakıp boşta gezer.

Otoriter Anne-Baba

Çocuklarını robot gibi gören anne-baba tipidir. Evlerini birçok katı kurallarla yönetirler. Aşırı disiplinin icabı olarak çocuğa ilgi ve sevgi göstermezler. Gösterirlerse maazallah çocuk şımarabilir! Çocuklarını içlerinden veya gece uyurken severler. Bu ailede genellikle babanın sözü geçer. Baba tüm gücü elinde toplar. Verdiği emirlerin koşulsuz olarak yerine getirilmesini bekler. Getirilmezse cezayı kullanır.

Her konuda çocuğuna daima nasihatte bulunur. Örneğin çocuk ders çalışırken asla televizyon seyretmemelidir. Ama kendisi çocuk odada ders çalışırken televizyonda maç izleyebilir. Empati yapmaz, sadece ister ve bekler. Çocuğa arkadaşlarıyla kavga etmemesini tembihler ama evde karı koca birbirleriyle kavga edebilirler.

Onlara göre çocuk daima planlı programlı olmalıdır, her şeyi saati saatine yapmalı ve yemek yemeği dahi unutsa ders çalışmayı unutmamalıdır. Dersinden başka hiçbir şeyle ilgilenmemelidir. Gitar çalmak, top oynamak, resim yapmak, tiyatro oynamak aylak adamların boş uğraşlarından bazılarıdır ve çocuk bu gibi saçma şeylerle vaktini harcayıp derslerini engellememelidir.

Bu anne-baba tipi, çocuğunu daima birileriyle karşılaştırır. Örneğin komşunun oğlu, çocuğun sınıf arkadaşı, kuzeni vs... "Falancanın o salak oğlu bile yapıyor sen nasıl yapamıyorsun?" der, "Bak kardeşine de azıcık örnek al, bir günden bir güne zayıf not aldı mı?" der, der de der. Sürekli ayıplanma, eleştirilme veya dayak çocuğun ruhsal yapısını olumsuz etkiler.

Kendi gerçekleştiremediklerini çocukların gerçekleştirmesini ister. "Ben yapamadım bari o yapsın." diye düşünür. Çocuğun yetenek ve kapasitesini göz önüne almaz. Zamanla çocuğun kendine olan güveni ortadan kalkar veya hiç oluşmaz. Çocuk, kendini beceriksiz hisseder, siner, pasif ve çekingen olur ya da sonunda başkaldırır. Arkadaşlık ilişkilerinde, yardımlaşma ve paylaşmada, sosyal ilişkiler kurmada zorlanır.

Müdafaacı Anne-Baba

Bu aile tipi, çocuğun yanlış davranışlarına bile göz yuman, kararları tamamen çocuğa bırakan, her şeye evet demeye eğilimli, eleştiriyi ciddiye almayan bir tutum sergiler.

Çocuğunu olduğu gibi kabullenmiştir. Kirpi yavrusunu pamuğum diye sever hesabı, çocuk, sırf onun çocuğu olduğu için bile mükemmeldir.

Çocuğu zayıf bir not alsa gelip öğretmenle kavga eder. Ona göre, öğretmenler çocuğun zekâsını anlamıyordur. "Çocuğum nasıl zayıf aldı?" demez, "Çocuğuma nasıl zayıf verdiniz!" der. "Çocuğuma nasıl olur da zayıf verirsiniz? Keşke yazılıya ben girseydim. Yazılıya bütün gece beraber çalıştık. Demek ki siz güzel okuyamadınız." diyerek öğretmeni suçlar. Ona göre ders programı da çok ağırdır. "Benim gibi üniversite mezunu adamın yapamadığı soruyu on beş yaşındaki çocuk nasıl yapsın?" der.

Bu aile, çocuk eğitiminde kendi eksiklik ve yetersizliklerini göz ardı edip, dışarıda suçlular arar. Sığınılan bahanelerden bazıları şunlardır: "Mahalle çocuğumu bozdu." "Televizyon çocuğumu bozdu." "Falan arkadaşı çocuğumu bozdu."

Onlara göre çocukları bir harikadır. Bu harikalarını daima başkalarının harikalarıyla karşılaştırırlar. Cümleye genellikle "Bizim çocuk geçen gün ne yaptı biliyor musunuz?" diye başlarlar. Devamındaki cümle, "Hadi yavrum göster amcalara..."dır.

Bu tipler, çocuğun ruhundaki gizli kabiliyeti bulacağız diye çocuğu heder ederler. Çocuğu başka bir çocukla kavga ettiyse, bizimkiler çocuğun anne babasıyla daha çok kavga ederler. Olay o haddeye varır ki, çocuklar büyükleri ayırmak durumunda kalırlar.

Ailenin bu davranışları çocuğu bağımlı hale getireceği için tehlikelidir. Çocuk ailesi olmadan hiçbir şey yapamaz duruma gelir ve her olayda ailesine güvenip sorumluluk almaz.

Bu tip anne babaların çocukları, düşüncesizce hareket eden, saldırgan, pervasız, bencil, sadece kendini düşünen, acıma duygusu az, narsistik, huzursuz, içki ve uyuşturucuya eğilimli bireyler olarak ortaya çıkarlar.

Tutarsız Anne-Baba

Tutarsız ebeveynler genellikle genç insanlardır. Tutarsızlığa özellikle ilk çocuğun yetiştirilmesinde rastlanır. Anne ve baba tecrübesiz oldukları için çocuğu bir anlamda deneme tahtası olarak kullanırlar. Eskilerin tabiriyle traşı onun ensesinde öğrenirler. Bu yüzden çoğu ailenin ilk çocuğu problemlidir.

"Çocuğumu daha iyi nasıl yetiştirebilirim?" sorusunu kendilerine sorarlar, fakat anne ve babanın bu soruya verdikleri cevaplar farklıdır. İşte tutarsız aile oluşmuştur. Eşler, çocuk yetiştirmeye farklı bakmaktadırlar, çocuk yetiştirme metotları farklıdır ve bunu çocuğa yansıtırlar. Annenin kızdığına baba güler, babanın bağırdığına anne aferin der.

Baba otoriter-baskıcı iken anne koruyucu bir tavır sergiler, anne sertken baba sevecendir. Çocuk aynı davranıştan dolayı bir gün hoş görülür, ertesi gün cezalandırılır. Annenin yaptığını baba bozar ya da babanın verdiği cezayı anne dayanamaz ve kaldırmaya çalışır. Biri kızar, diğeri kucağına alıp pışpışlar.

Bu aile tipinin öteki yanı da, uygulanan kurallarda süreklilik olmayışıdır. Bir eşya bir gün yasaklanırken diğer gün çocuğun o eşyayla oynamasına izin verilir. Bu yüzden bu aile yazar-bozar aile olarak da bilinir. Çocuk nasıl davranacağını öğrenemez. İki arada bir derede kalır yahut anneyi babaya, babayı anneye şikâyet eder.

Böyle bir ailede yetişen çocuklar cezaya fazla direnç gösterirler. Çocuk asi, hırçın inatçı olabileceği gibi içine kapanık ve pısırık da olabilir. Çocukta ana baba sevgisi, saygısı azalır, dikkat toplayamama ve uzun süre bir işe odaklanamama problemleri ortaya çıkar. Çocuk anne veya babadan birisine çok yaklaşırken diğerinden uzaklaşabilir. Çocukta yalan söyleme, kaypaklık gibi hastalıklar başlayabilir.

Sevecen Anne-Baba

Bu aile tipi, çocuğu ile her şeyi tartışabilen, ikna ve inandırma yöntemini kullanan, gerekirse fikir değiştirebilen, eleştiriye açık, yönlendirici, karar verirken çocuğun da düşüncelerini alan, doğru yerde evet, doğru yerde hayır diyebilen bir anlayışa sahiptir. Bu ailede sevgi, disiplin ve ilgi bir denge halindedir. Hepimiz birimiz, birimiz hepimiz için ailesidir. Eşitlik ve karşılıklı saygı vardır.

Ebeveynler hoşgörülüdür ama çocuk başıboş bırakılmaz. Belirli kısıtlamalar mutlaka yapılır. Kurallar açıkça bellidir. Evde çocuğun da söz hakkı bulunmaktadır. Özgürlük kural bilinci ile verilir. Kararlar bütün aile bireyleri tarafından alınır, çocuk çoğu aile kararlarına katılır. İletişim gelişmiştir. Çocuğun duygularını ve tepkilerini ifadeye imkân verilir. Aile bireyleri birbirine güven duyarlar. Bu ailede herkes sorumluluğunu bilerek yaşar. Sınırlar çok kesin olmasa da bellidir.

Anne baba çocuğa saygı duyar. Çocuğun güzel yönlerini takdir ve iltifatla ödüllendirir, düzeltilmesi gereken davranışlarını ise, "tatlı sert" bir üslupla incitmeden ortadan kaldırmaya çalışır.

Çocuklarının sergilediği davranışların hatalı yönlerine değil, doğru davranışın ne olması gerektiğine odaklanırlar. Yanlış düşünceleri veya hatalı davranışları yol gösterme veya demokratik bir tartışma ile giderilmeye çalışılır. Çocuklar hata yaptıklarında hatalarını düzeltmek üzere cesaretlendirilirler.

Eğitici ailedir. Yanlışları sebebi ile çocuklara yaptırım uygulanır ama evvelinde koyulan kurallar çocuğun anlama seviyesine inilerek mantıklıca izah edilir. Ceza verirken amacın çocuğu sindirmek değil sorumluluk sahibi olmasını sağlamak olduğu bir ailedir.

Çocuğa şartsız bir sevgi ile yaklaşırlar. Ortak faaliyetler söz konusudur. Çocuğa verilen sözler tutulur. Çocuk öğrenmek istediğini rahatça öğrenir. Ancak kendi başına yapamayacağı işlerde yardımcı olunur. Bu ailenin ilkeleri hoşgörü, güven ve desteklemedir. Anne ve babalar çocukları için fedakâr davranmayı severler ancak bu da belli ölçüdedir.

Bu ailede anne sevecen baba biraz daha otoriter ama ılımlı ve demokrattır. Çocuklara deneme yanılma payı bırakılmıştır. Çocuğun bağımsız hareket edebilmesi için aile destek verir. Çocuktan yaşından büyük sorumluluklar beklenmez. Gencin özgürlükleri, kullanabileceği ölçüde ve kötüye kullanmadığı müddetçe arttırılır.

Gence uzun öğütler verilmez. Genç, bir yetişkin gibi oturup ailesiyle konuşup tartışabilir. Derslerini aksatmamak şartıyla spor yapmasına izin verilir. Giyim kuşamına karışılarak sürtüşmeye girilmez. Bu tür ailede yetişen genç de ergenlikte bocalar ama büyük çalkantılar yaşamaz.

Demokrat tavır en zor olan ve sabır isteyen bir yöntemdir. Bu aile çocukla yakından ilgilenir. Onu belli bir kalıba sokmak yerine, yetenekleri doğrultusunda yönlendirir. Çocuk "Ben öğretmen olmak istiyorum." dediğinde aile "Ya, öyle mi? Ne kadar güzel. En kutsal mesleği seçiyorsun, seni tebrik ederiz." şeklinde değerlendirir.

Mükemmele en yakın aile tipidir. Bu ailede yetişen çocuk özgüven sahibi olarak yetişir. Kendini rahat ve kolayca ifade edebilir. Çocuğun farklı hobilere yönelmesi daha sık görülür. Çocukta asilik ve kavgacılık görülmez.

Çapkın Âşık

Detaycı değildir. Geçmişi sorgulamaz. Onun için önemli olan sevgilisinin o an orada olmasıdır. Her kesimden arkadaşları vardır. Bir ortama girdiğinde uyum sağlamakta zorlanmaz. Kurnaz ve içten pazarlıklıdır. Keyif verici ve biraz da küstahtır. Kalabalık arkadaş grupları arasında, düğün derneklerde sürekli gözlem yapıp önce uzaktan bakarak, sonra da usul usul yanaşarak kızları ağlarına düşürür.

Çok yakışıklı olmaları gerekmez ama karizmatiktirler. Muzip bir gülüşleri vardır. Sanki şeytan tüyü taşırlar. Her telden çalarlar. Biraz kültürlüdürler, biraz sporla ilgilenirler, biraz da yeteneklidirler. Böylece her tür kıza hitap edebilirler. Başlarına buyruk ve asi görünürler. Umursamaz ve "cool!" tavırlarıyla hayranlarını arttırırlar. Kızların uzaktan gördüklerinde "Abi şuna bak, süper yaa!" dediği tiplerdir.

Bu tip âşıklar genelde her istedikleriyle arkadaş olurlar. Tek kişiyle yetinmezler. Sürekli arkadaş değiştirirler. Ustaca yalanlar söyler, acayip senaryolar yazarlar.

Genellikle mekânları okul koridorlarıdır. Okul çıkışında mutlaka başka bir karizma ile kavgaları vardır. İnternetteki kimliklerinde, "Akan suya yetişir, önünü keser, yönünü değiştiririz." gibi iddialı cümleler yazar. Evlenmeyi düşünmezler. Aslında bu tarz davranışlarının altında büyük bir kompleks ya da daha önceden aldatılmışlık yatıyordur. Yani bu çapkınlık aslında bir savunma mekanizmasıdır, ama işin aslında sadece kendilerini kandırırlar. Romantizm ve aşk onlara göre bir kurgu ürünüdür.

Maço Âşık

Maço, aşırı erkeksi, sahiplenmeyi abartan ve baskın erkek demektir. Burada gerçek maçoyla maço görünmek isteyen erkeği ayırt etmek gerekir. Sahte maço sert görünmek adına vücudundaki kılları gösterecek şekilde birkaç düğmesi açık gömlekler ve vücut hatlarını belli edecek kıyafetler giyer. Genellikle ayakkabısının üstüne basmak için kullandığı beyaz çorapları ve yumurta topuk ayakkabıları vardır. Bir arkadaş grubunda kadınlar varsa devamlı susar ve Kadir İnanır gibi bakmaya çalışır.

Sosyal açıdan pek gelişmemiştir. Sürekli kızların peşindedir. Karizmatik ve yakışıklı değildir. En büyük hayali bir kızla el ele gezmektir. Kızlardan genellikle "manita" diye bahseder. Bir kızla çıkıyor olması gerekmez, çıkmasa da o kızı sahiplenir ve beğendiği kız bu tipimizin arkadaşları tarafından "yenge" olarak addedilir. Bu âşıkların yapışkanlığı o kadar bıktırır ki, kızların kabul edeceği varsa da etmezler.

Kıskançtır. Eğer bir kızla çıkmayı becerirse saçına, makyajına, giyimine varıncaya kadar her şeyine karışır.

Kadınlar bu tip erkekle gerçek maçoyu hemen ayırırlar. Türk kadını gerçek maçoyu sever. Çünkü kadınlar, her ne kadar "Çocuk da yaparım, kariyer de..." deseler de sahiplenilmeyi beklerler. Çoğu kadın, duygusal ve kibar bir erkek yerine maço erkeği tercih eder. Kadın kendine benzeyen ve aşağı yukarı aynı tip davranışları sergileyen biri yerine, kendisinin güç, korunma, gibi eksiklerini tamamlayan birisini seçme gereği duyar. Kadın maço erkek sayesinde bir içgüdü olan "ait olma" isteğini doyurur.

Utangaç Âşık

Kendisiyle ve çevresiyle ilgili düşüncelere etrafındaki çoğu kişiden daha sık ve daha derin bir şekilde dalar. Üstünkörü hareketler ve konuşmalardan nefret eder. Geyik muhabbeti yapmaktansa yalnız kalmayı tercih eder. Ama yakın arkadaşlarıyla olan ilişkileri o kadar kuvvetlidir ki, bu ona ihtiyacı olan uyumu ve gücü getirir. Yine de yalnız başına kalmaktan hiç sıkılmaz.

Bu tip âşık, sever ama kimse bilmez. Platonik takılır. Sevdiklerinin gözlerine bakar ama bakışlarını hemen kaçırır. Çok masum bir aşkı vardır. Sevdiğini görmek bile onu heyecanlandırır, titretir. Sevdiği onun hayatındaki en önemli kişidir. Davranışlarından, konuşmalarından işaretler alıp, umutlanır, bozulur, küser. Sevdiğinin başkalarıyla arkadaşlık etmesini içinde kopan fırtınalarla izler. Sevdiğinin ismini kimseye fark ettirmeden ve kimsenin fark edemeyeceği biçimde sıraya kazır. Onun için şiirler yazar.

Sevdiği hakkında başkalarından bilgi edinir. Onunla konuşurken kızarır, hatta mümkünse hiç konuşmaz. Sevdiğini takip eder ama hiç ilgilenmiyormuş, karşılaşmaları bir tesadüfmüş gibi davranır. Onun yanında ne yapacağını şaşırır, tam anlamıyla eli ayağına dolaşır, konuşurken yüzüne bakamaz. Aşkını belli etmemek için neredeyse çıldırır.

İçedönük ve ihtiyatlı bir kişiliktir. Karşısındakini çok iyi tanımadan düşüncelerini ve hislerini kesinlikle ortaya çıkarmaz. Sevdiğiyle beraber olsa bile utangaçlığı devam eder. Sevgilisinin elini tutmakta bile çekingendir. Öyle ki sevdiği kişi çoğu zaman sevilmediği ya da kendisiyle ilgilenilmediği hissine kapılır.

Ah Mediha ah, herkesin bir el sallayanı var, bir ben sensiz bir ben çaresiz. Sana açılamadım, bari uzak denizlere açılayım...

Romantik Âşık

Sanatçı ruhludur, ya şiirler yazar ya da besteler yapar. Hep âşıktır. Gerçek ve kalıcı aşka inanır. İlişkileri konusunda idealist düşünür. Âşık olduğunda şarkılar daha bir güzel, okul biraz daha sıkıcı, hayat daha bir delidir onun için. Tüm sıkıntılar ya sevdadandır ya da sevdaya dairdir. Sevdiğine olan inancında masalsı bir yan vardır. Günün birinde prens ya da prensesiyle karşılaşacağına ve ömür boyu mutlu yaşayacağına inanır.

Adeta aşka âşıktır. Sabahtan akşama kadar yeşilliklerde gezinip çiçekle böcekle diyaloga girer. Romantizmi, hüznü, sevinci en yoğun biçimde yaşar. Hani neredeyse penceresine iki kuş konsa duygulanıp ağlayacaktır. Sevdiğini ölesiye sever. Hatta sevdiğini görmeden bile âşık olduğu olmuştur. Bir resme, bir mesaja âşık olabilir.

Aşkı umutsuzdur çoğu zaman, sevdiğine açılıp o bakışmaların güzelliğini bozmak istemez. Aşkın acısı bile güzeldir ona göre. Aşkına açıldıysa ve karşılık bulduysa işte o zaman dünyanın en sürprizli insanı olur. Sevgilisinin başını döndürecek sürprizler yapar. Üstelik bunu karşı tarafı mutlu etmekten çok, kendi mutlu olduğu için yapar. Sevgilisinin defterinin arasına küçük aşk notları yazar, sırasına gül bırakır, onun için şarkı besteler. Tek eksiği bazen klişelere takılıp kalmasıdır.

Sevildiğini hissetmek ister. Hissedemezse artık sevilmediğini düşünür. Genellikle karşı taraf onun bu insanüstü tavırlarını kaldıramaz ve romantik âşık gene onu besleyen acılarına döner. Belki de bu acılar ona iyi geliyordur. Sanatına ilham kaynağı oluyordur. Hatta severek ayrılma dediğimiz saçma kavramı belki de o icat etmiştir. Çünkü kavuşunca işin rengi kaçar. Bir belgesel programında da denildiği gibi, iki kişi birbirini sever de kavuşurlarsa mutluluk olur, biri kaçar öbürü kovalarsa aşk olur, ikisi de sever lakin birleşemezlerse o zaman efsane olur. İşte romantik âşık o efsaneyi arar.

Sevgi Kelebekleri

Bu tiplerle genellikle sanal âlemde karşılaşılır. "Merhaba, n'aber?" muhabbetinin öğleden sonrası canımlı cicimli olunur. İkinci gün konu "Evlenince nerede oturacağız?" noktasına, üçüncü gün ise kaç çocuk yapılacağına gelir. Sevgi olunca her şeyin bu kadar hızlı ilerlemesi gayet normaldir! Hele bir de birbirlerinin yüzünü kameradan değil de gerçekten görseler, bu sevgi kim bilir ne kadar büyüyecektir.

Bunlar birbirlerine karşı o kadar anlayışlıdırlar ki, insan "Olur da bu kadar mı olur!" der. Kız ataerkil yapının ateşli bir savunucusu, erkek feminizmin en öndeki temsilcisidir. Evlenmeye dünden razıdırlar. En sevdikleri renk kırmızı olan bu tipler sanal âlemden gerçek hayata geçip buluştuklarında sımsıkı kenetlenir, her yerde sevgi yumağı şeklinde gezerler. En sevdikleri mekânlar sinemaların arka sıraları, piknik alanları ve ormanların tenha yerleridir.

Birbirlerine genellikle "bebişim" diye hitap ederler. Bir örnek giyinirler. Biri siyah tişört giydiyse diğeri siyah gömlek giyer. Biri kırmızı kravat taktıysa öbürü kırmızı fular bağlar. Hep aynı fikirdedirler. Aynı tarz müziği dinlerler, aynı filme hayran olurlar, aynı kitapları okurlar. Çoğu zaman bunların bu sevgi kelebeği halleri, evlenmeye fırsat bulamadan dişi kelebeğin babasına yakalanmalarıyla ya da ormanda bir ayıya denk gelmeleriyle son bulur ki, kelebeğin ömrü malum!

Ayrılınca birbirlerinden nefret ederler. Birbirlerine en ağır sözleri söylerler. Sevgi yumağı kesik iplere dönüşür. Fakat bunlar kelebektirler, yarım saatlik uzun bir ayrılık acısından sonra başka bir kelebekle tekrar ot, çiçek, böcek üzerinde gezintilerine başlarlar. Ama bu seferki başkadır. Resmen âşıktırlar. Evlenmeyi düşünüyorlardır, tüm fikirleri aynıdır, aynı kitapları okuyorlardır ve hatta bir örnek giyiniyorlardır, bunu daha önce hiç yaşamamışlardır(!)

Evlenilecek Âşık

Evlenilecek kişi, evlenmeden el ele dahi tutuşmayan, gerçekten seven, sevdiğine ikna eden, her türlü kaprisi çeken, sorumluluk duygusu yüksek, tahsilini tamamlamış, iyi bir işi olan, evine sadık olabilecek kişidir. Değil evliyken, arkadaşken dahi tek bir kaçamak yapmaz. Boş zamanlarını hep müstakbel eşinin yanında geçirir. Entelektüeldir, kültürlüdür, kitap okumayı sever.

Kız ise, çok gülmez. Espri yapmaz ama espriden anlar. Mesleği büyük ihtimal öğretmenliktir. Eve eşinden önce gelir.

Erkek ise, vurdumduymaz, hoppa değildir. Efendidir. Mesleği büyük ihtimal doktorluk, mühendislik, subaylık yahut şirket müdürlüğüdür. Karizması vardır.

Tabi bir de Emel Müftüoğlu'nun bir şarkısında dediği gibi, evlenilecek kız var, eğlenilecek kız vardır. Eğlenilen kızla evlenilmez. Evlenilecek kız bir ihtimal şöyle seçilir: "Mübeccel, senle tek bir ortak yönümüz yok. Senle hiç ama hiç eğlenemiyorum. Şimdiye kadar bir tek esprine bile gülmedim. Yahu bir insan bu kadar mı huysuz, bu kadar mı somurtuk, bu kadar mı bu kadar olur yani! Arasan bulamazsın. Ama ben buldum. Senden hiç hoşlanmıyorum Mübeccel, evlen benimle!"

Aynı şekilde evlenilecek erkek, eğlenilecek erkek vardır. Eğlenilecek erkek çapkındır ama yakışıklıdır. Jöleleri göz alıcıdır. Serseri ruhludur. İyi dans eder. Parası yoktur ama bir şekilde bulur. Salaş giyinir. Günü birlik yaşar. Esprilidir. Belli bir mesleği yoktur. Bazen gitarıyla insanları eğlendirip o günü bedavaya getirir. Vurdumduymaz halleri onu daha da bir çekici yapar. Fakat kadınlar her anlamda güven duymak istedikleri için bu tip biriyle evlenmeyi tercih etmezler.

Mazideki Âşık

Herkesin kalbinin gizli bir köşesinde olan, "Hani bir zamanlar biri vardı." diye iç geçirilen tiplerdir. Sık sık akla gelirler. İnsanın belleğinde boşluğu dolduru-lamayacak bir iz bırakmışlardır. Ulaşılamadıkları için hep güzel yönleri hatırlanır. Bıçak yarası gibidirler, yaraları geçse de izleri hep kalır. Bir şarkıda, bir şiirde insanın içini yakarlar. Haklarında "Acaba onla olsay-dık şimdi ne olurdu?" diye düşünülen ve hep daha iyi olacağına inanılan tiplerdir.

En önemli yaşam tecrübelerinden biridirler. "Aşk bitti / Aşk hiç biter mi?" şarkısı adeta bunlar için yazıl-mıştır.

Dinledikleri Müzik Türüne Göre Tipler

İnsanlar genellikle kendi kimliklerini müzik zevkleri yoluyla tanımlarlar. İster hayatın güzelliklerini anlatsın, ister karamsarlığı telkin etsin, dinlenen müzik onu dinleyenlerin karakter ve ruh halleri ile yakinen ilgilidir. Dinledikleri müziği içinde bulundukları ruh haliyle özdeşleştirirler. Nasıl, bir yazarın içinde bulunduğu koşullardan etkilenmemesi imkânsızsa, bir filozof içinde bulunduğu sosyoekonomik koşullardan etkileniyorsa, öyle de kişi müzik tercihi yaparken kendisini çevreleyen şartlardan etkilenir. Dinleyicilerin ruh halleri ve beklentileriyle dinledikleri müzik arasında göz ardı edilemez bir bağlantı vardır. Görelim…

Arabesk Tip

İçlerinde çaresizliğin izlerini taşırlar. Istırap onlarda yaşam biçimidir. Hayat acı ve kasvetlidir. Bu tipler genellikle orta kesim insanlardan olup duygusal bir yapıya sahiptirler. Aslında çok korkak ve pasiftirler. Yalnızca alkol aldıkları zaman cesur olurlar. Ayaklarında kundura vardır ve bu kundura sıktığı için acı bir sesle bağırırlar. Seslerinin yanık olması bundandır.

İzledikleri mafya filmlerinin etkisinde kalırlar. Küçük bir mahallede yaşarlar ve o mahallede kabadayı tavırlarıyla tanınırlar. Oysa tek yaptıkları kendilerinden güçsüz birkaç kişiye racon kesmektir. Kötü insan değillerdir. Bu şekilde egolarını tatmin ederler, aslında kimseye zararları dokunmaz. Genelde mahalleden bir kıza âşıktırlar.

Minibüs şoförüyseler minibüslerindeki, değilseler arkadaşlarından ödünç aldıkları bir doğan görünümlü şahindeki teybin sesini sonuna kadar açarak mahalleden defalarca geçerler.

CD'leri dinlemek için kullanmaz genellikle dikiz aynasının üzerine asarlar. Minibüslerinin arkasına "Karayollarında değil, senin kollarında öleyim.", "Sen gökyüzünde doğan güneş, ben yollarda çilekeş." gibi yazılar yazarak sevdikleri ve bir türlü açılamadıkları kıza bu şekilde mesaj verirler.

Tek hayalleri sevdikleri kızı evlerinin kadını yapmak ve bir üst model minibüs almaktır. Kışın kuzineli sobalarını yakıp külüne patates gömecek, üstünde kestane pişireceklerdir. Boy boy çocukları olacaktır, arabesk tip çocuğu daha beş yaşındayken ona araba kullanmayı öğretecektir...

Oysa hayat genellikle başka türlü akıp gidecektir. Soba yakmaya çalışırken çocuklar donacak, kiraya devamlı zam gelecek, sofrada zeytin varsa peynir, peynir varsa zeytin, bazen her ikisi de olmayacaktır. Hatta "Senin kollarında öleyim!" dediği kızı bir gün döve döve öldürüp küllerine patates gömeceği kuzineli sobaya hayallerini gömebilecektir. Böylece arabesk tip daha da arabeskleşecek, derdini yanık bir sesle dile getiren, onulmaz yarasını kaşıyıp kanatan şarkıları daha çok dinleyecektir.

Rockçı Tip

Metalci ve ametalci olmak üzere ikiye ayrılırlar. Özgürlüklerine önem verirler. Tercihlerinde ezilmiş, baskı altında geçirilmiş bir çocukluk yatıyor olabilir. Kuramlara pek vakit ayırmazlar, bir şey hakkında konuşmaktansa onu yapmayı severler. Kendilerini topluma adamazlar. Ama toplumsal olaylara kayıtsız değildirler. Yanlışlıkların üzerine giderler. Olayların farkındadırlar. Söyleyecek sözleri vardır, ama çoğu kişi tarafından "kayıp gençlik" olarak adlandırılırlar. Bunun nedeni bazı zaaflarının düşüncelerinin önüne geçmesidir.

Büyük ihtimal mutsuz bir okul yaşamları olmuştur. Buna rağmen genel kültürleri yüksektir. Monotonluğu ve kuralları sevmedikleri için okul yaşamında başarısız olmuşlardır ama zekidirler. Felsefeyle ilgilenir ya da ilgilenirmiş gibi yaparlar. Cinayet, polisiye romanları ve şiir okumayı severler. Çeşitlilik ve heyecan içeren işlerden hoşlanırlar. Asidirler. Yüreklerindeki isyanı şarkılarına yansıtırlar. Olaylara farklı açıdan bakmayı severler. Rutini ve geleneksel şeyleri sevmezler. Çoğunluğun ilginç bulduğu şeyler hoşlarına gitmez.

Sever ama bağlanmazlar. Çoğunluğu gitar çalar. Dağınıktırlar ama aradıklarını her zaman bulurlar. Kendi kafalarına göre bir düzenleri vardır. Üstünde rockçıların resmi olan siyah tişörtler giyerler. Kızsalar saçları kısacık, erkekseler uzun saçlıdırlar. Devamlı kafa salladıkları için müzmin baş ağrısı çekerler. Meraklıdırlar. Yeni bir şeyler öğrenmeyi severler. Gelecekle ilgili pek çok projeleri vardır. Bazen dalgın, bazen unutkandırlar.

Her işin hemen yerine gelmesini isterler. Beklemekte, sıraya girmekte, durmakta çok zorlanırlar. Katlanma eşikleri çok düşüktür. Kendi istediklerinin olmasını çok isterler. Başkalarının onlara emir vermesinden hoşlanmazlar. Çabuk sinirlenirler. Sinirlerini yatıştırırken çok zorlanırlar. Çabuk negatif olurlar. Yasaklanan, kısıtlanan, sınırlanan şeyleri yapmak isterler veya sınırları zorlarlar. İnatçıdırlar. Bazen bir şeyi tutturur onu mutlaka yapmak isterler. Bir konuya takılabilirler. O konu hallolmazsa hiçbir şeyin anlamı yok diye düşünürler. Bir giysiye öyle yapışırlar ki onu üstlerinden çıkartmak çok zor olur. Onu forma haline getirirler. Hayatlarında kolay bağımlılık geliştirebilirler.

Devamlı bir kasvet, koyu renkler ve nefret, ölüm üzerine yazılmış şiirlere ilgileri, kül tablası olarak kullanılan halı, vücutlarında çeşitli deformasyonlar oluşturan dövmeleri ve piercingleri nedeniyle aileleri bu tip çocuklar için oldukça tasalanırlar.

Popçu Tip

Modern çağın tipidir. Ortalamadır. Çoğunluğu onun gibiler oluşturur. Genellikle günün koşullarına rahatça ayak uydurabilmesiyle tanınır. Günü yaşamak ister. Cıvıl cıvıl, neşeli biridir. Delidolu tavırlarıyla bulunduğu yere coşku getirir. Diğer insanlar onun güler yüzlü ve neşeli tutumlarından hoşlanır ve bu onu popüler yapar. Ciddiyetten son derece yoksun, hayattan ve yaşadıklarından ders almayan, kimseye yardımı ve iyiliği dokunmayan, umursamaz ve aldırmaz bir tiptir. O, hayatı şamatadan ve eğlenceden ibaret sanır.

"Eller havaya, oturmaya mı geldik!" modundadır. Sürekli hareket halinde olduğu için enerjisi çabuk biter. Bir sürü arkadaşı vardır. Telefon defteri isimlerle doludur. İnsanlar birine ulaşmak istediklerinde ona sorarlar.

Yeni bilgiler edindikçe zihni hemen buna uyum sağlar ve o anki düşünce ve kararları buna göre değişir. Dağınıklık ya da düzenli yemek olmaması onu rahatsız etmez. Zaten genellikle fast-food beslenir. Felsefe ve psikoloji ona göre değildir. Fikirler ve kavramlar ona çekici gelmez. Çevresindeki somut ve gerçek dünya onun için daha ilginçtir. İçinde bulunduğu anı yaşar. Bu huyları nedeniyle insanlar tarafından değişken ve güvenilmez olarak algılanır. Konuşkandır, fakat sürekli, samimi ilişkiler onu yorar. O, gündelik, sıradan, eğlenceli, rahat arkadaşlıkları sever.

Rüzgâra göre yön değiştirir. Sabırsızdır. Pratik gündelik işleri çabuk kavrar. Bir şeyleri sırf moda olduğu için yapar. Giyim kuşamı bile modaya uygundur. Âşık olmaz, devamlı sevgili değiştirir. Evliliğe karşıdır. Evlense de pek başarılı olamaz. Geleneksel eş, anne ya da baba olarak evde kalması gereken durumlarda heyecan ve yenilik olmamasından dolayı kendini engellenmiş hisseder.

Olumsuz durumlara ve kötü günlere karşı hiçbir birikim yapmaz ve hiçbir önlem almaz. Baba parası veya koca parası yer. Dışa dönük yapısı sayesinde daha çok insan etkileşimi olan işlere yönelme eğilimindedir. Satış, reklâmcılık, oyunculuk genellikle tercih ettiği mesleklerdir.

Halk Çocuğu Tipi

Halk müziği dinleyen bu tip genellikle özüne bağlıdır. Anadolu çocuğudur.

Boş lafı ve dedikoduyu sevmez. Bunun için insanlar onun ne kadar keskin bir zekâya sahip olduğunu hemen fark edemeyebilirler.

Tatminkârdır. Gerçekçidir, ayağı yere sağlam basar. Vaktinden önce büyümüş gibi görünebilir. Yaşının çok üzerinde davranır.

Soru sormayı ve okumayı çok sever. Bilgisi yaptığı şeylerden ziyade kafasındadır.

Diğer tiplerdeki sevimlilikten yoksun olabilir. Çünkü fazla olgundur. Herkesin akıl danıştığı, bazen kendilerine ayna tutan, hatalarını gösteren kişidir. Dayanıklı ve beceriklidir.

Gelenekçidir. Evliliğe önem verir. Aşkta duygusaldır.

Kazak, gömlek gibi klasik şeyler giyer.

Özgüncü Tip

Halk müziği dinleyen tipin üniversiteye gidip biraz değişenleri vardır ki, özgün müzik dinlemeye başlarlar. Özgüncü tipler, siyasi amaçlar uğruna slogan atıp üniversitede kavga eden, bildiğini okuyan gözü kara tiplerdir. Gündelik ilişkilerinde oldukça resmidirler.

Halkın arasından çıkan genç ve idealist kişilerden oluşurlar. İnsanların güvenilir ve üretken olmalarını beklerler. Yüksek standartları vardır ve diğer insanların da buna sahip olmasını umarlar. Sürü psikolojisinden nefret ederler.

Özellikle sosyolojiyle ilgilenirler. İdeolojilerini dinledikleri müzikle gösterirler. Köy ve kent kültürü arasında sıkışıp kalmışlardır.

Umursadıkları tek şey halktır. Halk çocuğu olmalarına karşın devlet kademesinde yükselebilirler. Bazıları kökenini inkâr eder. Köyünün, kasabasının halkına küçümseyerek bakar. Halk adamı olarak halk adına halkı küçümserler. Batı hayranı olurlar. İşçi sınıfının kurtulması için en çok onlar çalıştığı halde, yeşil parkalarını çıkarıp takım elbiselerini giydiler mi, aslında esas çileyi çekenlerin işçiler değil zavallı patronlar(!) olduğunu anlayacak kadar da zekidirler…

Fantezi Tip

Bilgisayarda yazı yazarken Cengiz Kurtoğlu ya da Ümit Besen dinlerse insan kendini piyanist şantör gibi hisseder. Klavyenin tuşlarına bastıkça "Ooo Ferhunde Hanım ve eşleri de buradaymış, Rıza Bey hadi piste!" gibi bir durum içine girer, kendini arabanın arkasına "Liselim" yazarken yakalar farkına varmadan. Fantezi tip budur. Halk arasında "fantaaaazi" olarak da adlandırılırlar.

Her şeyleri fantezidir, dinledikleri müzik, giydikleri elbise, taktıkları çanta, hatta davranışları bile. Aşk insanıdırlar, aşkı ölümsüz bilirler ve hatta sevdiler mi bir ömür boyu severler, ama aşkları hep umutsuzdur, hep hayal kırıklığıyla son bulur. Ya sevgilileri başkasıyla evlenir ya da duvardaki bir resimle avunur gönülleri. Hiç bahar yaşamamış güz gülleri gibidirler. Sevgililerinin gözleri genelde ela, aşk ise insanın başına beladır. İşte bu yüzden yalnız ve mutsuzdurlar. Mükeyyifata düşkün olabilirler.

Büyük konserlerde hep en önde dururlar ve şarkı acıdan dayanılmaz bir hale gelince çakmaklarını çıkarıp sağa sola sallayarak şarkıya eşlik ederler. Genelde karamsardırlar ve bu müzikle karamsarlıkları daha çok artarak acılarına acı katmaktan zevk alırlar. Mazoşist bir ruhları vardır. En başta bu müziği sevmeseler bile dinledikçe bu müziğin bağımlısı olmuşlardır. Acı çekince, neşelenmektense acılarını yaşamayı severler.

Büyük ihtimal en fazla lise mezunudurlar. Genelde meslek lisesinde okumuşlardır. Hayatın acı yüzüyle genç yaşta tanıştıkları için fantezi müziği kendileriyle özdeşleştirmişlerdir. Şarkının sözlerinde yaşadıkları mahalleleri, tanıdıklarını ve acılarını bulurlar.

Rapçi Tip

Rap müziğin kökeni 1970'lere dayanır. Amerika'nın bazı varoş eyaletlerindeki çetelerin birbirlerini ıslah amacıyla yaptıkları bir müziktir. Rhythmic American Poetry (Ritmik Amerikan Şiiri)nin kısaltmasıdır.

Yıllarca köle muamelesi gören zencilerin beyaz adama karşı bir isyanları vardır ve müzikten başlayarak her alanda bu isyanla yükselmeye ve denetimi ele geçirmeye başlayacaklardır. Bakınız: Barack Obama...

Rap müzik dinleyen tipler kötülüğe karşıdırlar. Haksızlığa tahammül edemezler. Ağızları biraz bozuktur. Salaş giyinirler, bol pantolonları ve ters taktıkları şapkaları meşhurdur. Ellerini çok fazla kullanırlar, ihtimal sözcüklerin yetişmediği yerde eller devreye girmektedir, çünkü sözcük dağarcıkları kısıtlıdır. En çok kullandıkları söz "Yov yov"dur. Asidirler. Genelde bir ezilmişlik ve öfkeden bahsederler. Fakat öyle hızlı konuşurlar ki, ne dedikleri anlaşılmaz, yalnız kafiyeli konuştukları kesindir.

Ülkemizde yeni türemişlerdir. Önceleri paradan puldan elini eteğini çekmiş, düşünen, hayatın sorunlarına kafa yoran birer filozof gibiydiler, fakat zamanla küfürlü konuşan birer taklitçi durumuna kaydılar. Örneğin Coolio'nun efsanevi Gangsta's Paradise'ıyla şimdiki rap'in ve rapçilerin uzaktan yakından alakası yoktur. Bu kişiler artık bir derdi anlatmak yerine melodik küfür eden tipler haline gelmişlerdir.

Rapçiler güya hayatlarını rahatlığa endekslemiş oldukları, güzel görünmek için daracık giysiler giymeyi saçma buldukları için bol giyinirler. Çünkü rap felsefesinde önemli olan kişinin kendi rahatıdır, kendi mutluluğudur. Fakat bu giyiniş tarzı da aynı dar giyinme gibi bir özenti, bir moda haline gelmiştir.

Pop müziğin sözlerini saçma bulurlar. Popa küfür ederek pop müziğin yanlışını göstermek isterler! İnsanların yozlaşmasını anlatmaya çalışırlar(!) ve bu yüzden, "Hey dostum, televizyon kölesi olan herkesin canı cehenneme..." gibi manalı(!) laflar ederler.

Klasik Tip

Klasik müzik yüksek tabaka müziği olarak bilinir. Kimi minibüs şoförlerinin de dinliyor olması onu makamından(!) indirmez.

Klasik tipin ailesi de büyük ihtimal birer klasik müzik dinleyicisidirler. Klasik tip uyumlu, sakin bir insandır. Kolay sinirlenmez. Mantıklıdır. Olaylara pozitif yaklaşır, çözüm yolları arar. İlginç fikirleri vardır. Duygusaldır. Sanatsal yönü güçlüdür. Geniş bir kültürel bakış açısı vardır. Entelektüeldir. Dünya görüşü iyimserdir. Dengeli bir kişiliği vardır. Soyut düşünmeyi sever. Operaya ve baleye gitmekten de hoşlanır. Düşlerle ve derinleşmiş düşüncelerle yaşar. Klasik Türk müziği ise tasavvufi felsefeye, dolayısıyla aşkınlığa ve tefekküre dayanır. Dinleyicileri, eğlenceden çok ruh dinginliğine önem veren olgun insanlardır.

Halktan biri klasik müzik dinliyorsa bilinmelidir ki, ya hamiledir ya da ineği az süt vermektedir. Çünkü klasik müzik gayet sağlığa yararlı bir müzik türüdür, hatta akıl hastalıklarının tedavisinde bile kullanılır. Klasik müzik dinleyen inekler daha çok süt verir, tavuklar daha fazla yumurtlar, balıklar daha hızlı büyür.

Bir de "Zengin olduk, öyleyse entel de olmalıyız." zihniyetinde olan klasik müzik dinleyicileri vardır. Bu zihniyetin insanları klasik müzik dinlerken içlerine bir sıkıntı çöker, operaya ve baleye gittiklerinde muhtemelen ya uyuyakalırlar ya da bu kadın niye bağırıyor diye korkarak oradan usulca uzaklaşırlar. Fakat ertesi gün konserden bahsederken, kulaklarımın zarı yırtıldı diye düşünmelerine rağmen, bunu hiç çaktırmayıp cool(!) tavırlarına devam edip çok eğlendiklerini söylerler.

Bu tipler entel oldukları belli olsun diye siyah çerçeveli mika gözlüklerini ve yaz kış taktıkları şal ya da fularlarını hiç çıkarmazlar. Top sakal bırakırlar. Genellikle resmi ve kaliteli giyinirler. Bunlar o kadar elit, o kadar mümtaz insanlardır ki, klasik müzik dinler, çello çalarlar, türkü dinliyorum dediğin zaman garipserler, türkü dinleyen insanı aşağılarlar, kıro olmakla suçlarlar. "Ayyyyyyyyy iğrenç, türkü dinlenir mi yaaa!" gibisinden bakarlar...

Roman Tip

Roman tip derken roman okuyucusu olan ya da romanlarda anlatılan tipleri kastetmiyoruz.

Bunların romanlığı eğlenceye düşkünlükleriyle ilgilidir.

Devamlı, "Oturmaya mı geldik!" havası içindedirler. Her yerde her yerleri oynar. Kapı gıcırtısına dahi oynayan tipler bunlardır.

Onlar için en büyük üzüntü kaynağı bir oyun figürünü yapmayı becerememektir. Bu gibi durumlarda ayna karşısına geçer, o figürü yapmak için günlerce çalışırlar.

Koca Tipleri

Bazen sert, bazen tatlı... Bazen genç, bazen yaşlı... Bazen sinirleri kabarık, bazen kılıbık... Evin güçlü koruyucu reisi... Televizyon kumandasının gayrı resmi sahibi... Bazen sürprizlerle dolu, bazen sıradan... Karısından yakınan ama onsuz yapamayan...

Kocalar... İçleri "koca" çocuk, dışları "koca" adam... Görelim...

İyimser Koca

Bardağın hep dolu tarafını görür. Bardak boşsa "Olsun doldururuz." diye düşünür. Umudunu hep korur. Daima sakindir. Hiçbir şeye sinirlenmez. "Her işte bir hayır vardır." felsefesiyle hareket eden bu koca tipi bazen insanı çıldırtabilir. Ona göre insanlar hep tertemiz, dünyaysa tozpembedir.

Bu koca tipi hayatta iki kadın tanımıştır; birisi annesi, diğeri karısı... Bu iki kadının dünyanın en iyi iki kadını olduğuna inanır. Bu iki melek karşısına çıktığı için kendisini dünyanın en şanslısı addeder. Ona göre bu iki meleğin anlaşmaması imkânsızdan da öte bir şeydir. Bu nedenle bu tipe ütopyacı koca da denir. İlkçağdan beri mevcut bir tiptir.

Ne demişler? İyimserliğin en fazla olduğu yer akıl hastanesidir. Fakat iyimser erkeğin bu çılgınlığını sezmesi, karşısındakilerin iki melek değil birbirlerini alt etmeye çalışan iki ezeli rakip olduğunu anlaması çok sürmez.

Buna rağmen iyimser koca iyimserliğinden bir şey kaybetmez.

İyimser kocaya göre karısının bütün gün evin içinde koşturması, bir mutfağa, bir çocuklara, bir çamaşır yıkamaya gitmesi de problem teşkil edecek bir durum değildir. Ona göre kadın iş yapmaktan zevk alıyordur.

Anneci Koca

Aslında bütün erkekler annecidir, hatta insan kimi zaman "Yüksek yüksek tepelere" türküsünü bir erkek mi söylemiş acaba diye düşünmeden edemez. Fakat bu erkek tipi annesine daha fazla düşkündür. Çünkü büyük ihtimal ileri yaşlarda evlenmiştir. Yine büyük ihtimal ailesinin tek çocuğudur. Babası ya vefat etmiştir ya da hayırsızdır. Bu nedenle de erkek devamlı annesiyle kalmış ve çok şımartılmıştır.

Bu tip, karısıyla çocukları olmasa bile ona bunun eksikliğini hissettirmez. Çünkü kendisi çocuk gibidir. İstekleri hemen yerine getirilsin ister. Devamlı annesinden bahseder. Her şeyde annesininkinin benzerini arar. Annesinin ilgisi, annesinin yemekleri... Hele bu yemek konusu zurnanın zırt dediği yerdir.

Haftada iki-üç kez annesini arar, o aramazsa annesi onu arar. Kadın bu iki âşığın arasını girmiş bir kara kedidir sanki. Ana ile oğul birlikte geçirdikleri günleri anarak içlenirler.

Politikacı Koca

Bu koca tipi hayatın bütün alanlarında güçlü ve başarılı olmak ister. İnsanları iyi tanır, dolayısıyla onları alt edecek ya da motive edecek şeyleri bilir. Zekidir. Kafasında kırk tilki gezdiren ve hiçbirinin kuyruğunu birbirine değdirmemeyi başaran koca tipidir. Zihninden geçen şeylerin fark edilmemesi için büyük çaba sarf eder. Ustaca yalan söyler. Amaca giden yolda yalanı gerekli bulur.

Karısını sürekli kandırarak yaşamına devam eder. Ona ne isterse yaptırır. Nabza göre şerbet verir. Gerçek kişiliğinin hangisi olduğu anlaşılmaz. Her şeyin zamanını bekler. Bukalemun gibidir, her ortama uyar. Onun bu hali kötü özelliklerini örterek, çevre kadınlar tarafından da takdir görmesini sağlar. Sert kocalara örnek gösterilen tiptir. Çünkü dışarıdan bakanlar için, hiçbir erkek bir kadına onun kadar değer vermez.

Kendini önemser ve önemsenmek ister. Sorumsuz ve özgürlüğüne düşkündür. Fedakâr değildir, kendisi için yaşar, buna rağmen çevresi geniştir. Çünkü insanları ve şartları gerçekçi biçimde değerlendirebilecek bir zekâya sahiptir. Hayatı boyunca hiç doğru dürüst çalışmamış ama yine de evine az-çok para getirmeyi bilmiştir. Kaz gelecek yerden tavuğu esirgemez. Daha fazla almak için önce bir miktar verici olur. Uzman dolandırıcılar gibidir. Yol yordam bilir, psikolojiden anlar.

Karısı sürekli "Bırakacağım bu adamı!" der ama bırakmaz, çünkü o bir biçimde karısının gönlünü alır. Çocukları tarafından çok sevilir. Çünkü az parayla ev çekip çevirmekten canı çıkmış, yüzü asık bir anneye mukabil, tuzu kuru, eve gelirken elinde çikolata, yüzünde gülümseme olan bir baba söz konusudur. Karısının hiçbir isteğini reddetmez, her şeye evet der. Ama sözünde durmaz, mazeretler sıralayarak kendini kurtarır.

Kazak Koca

Baba egemenliğine dayanan bir ailede büyümüştür. Kadına kötü davranmayı erdem sanır. Ona göre her konuda erkeğin sözü geçmelidir. Kendisine kılıbık, karı köylü falan denmesinden çok korkar. Kahve arkadaşları arasında saygın bir yeri vardır. Kazak erkek tipidir. Kendisi de kışın kazak giyer, yazın gömlek. Elinde tespih taşır. Genellikle bıyıklıdır.

Geleneksel koca tipidir. Her şeyi bilir. Yolda hız sınırını aşmayı marifet sanır. Ona göre bütün kadınlar güçsüzdür ama annesi başkadır. Politikacı kocanın tersine kadına tek iyi laf etmez. İstediklerini emir vererek yaptırır. İşten güçten, çocuklardan şikâyet eden kadına, "Yapacaksın tabi, senin işin bu." diyerek bağırır.

Bu koca tipi, "Erkek adam ağlamaz. Erkek adam güçlüdür. Erkek adam kadının sırtından sopayı, karnından sıpayı eksik etmez." gibi cümlelerle büyüdüğü için ağır bir baskı altındadır. Hüzünlense ağlayamaz. Tavla oynasa mutlaka yenmelidir. Eve hırsız girse, yakalayıp polise teslim etmeden bir güzel dövmek zorundadır.

Onun sertliği zavallılığından gelir. Erkeği iyi tanıyan kadın, onun duygularını anlayıp kimi zaman bir bebek muamelesi yapar. Erkek bu muameleden çok hoşlanır, annesi gelir aklına, kendini güvende hisseder. Fakat kadın bu muameleyi bir topluluk önünde yaparsa kıyamet kopar.

Bu koca tipi araba sevdalısıdır. Ona göre araba, yaşamı kolaylaştıran bir gereksinimden çok öte bir şeydir. Otomobil onun için adeta bir simgedir. Arabaları uzaktan görse bile markasını, modelini hemen anlar. Direksiyon başına geçti mi sanki bütün ülkenin iktidarını ona vermişler gibi bir özgüvenle dolup taşar. Direksiyondayken efelenmesinin, kavgacı, küfürbaz olmasının sebebi de bu özgüvendir.

Ailesiyle özel olarak ilgilenmez. Maaşının onda dokuzunu eve bırakarak bütün sorumluluğu üzerinden atar. Maç hastasıdır. Maç olduğu zaman ev yansa görmez. En duygusal zamanları tuttuğu takımın yenildiği zamanlardır. Ona göre futbol sevgisi de bir erkeklik göstergesidir.

İdealist Koca

Anadolu çocuğudur. Gençtir, heveslidir. Üstüne üstlük çalışkan ve de azimlidir. İdealleri vardır. Duygusaldır. Onun için duygularının söyledikleri önemlidir. Hayalcidir. Yaşamda hayallere yer olması gerektiğini savunur. Onun bu hayalleri, "Bu da geçer, biz de gençken senin gibiydik." gibi cümlelerle çevresindeki realist kişiler tarafından söndürülmeye çalışılır. Ama o bunları umursamaz.

"Sana yenilmeyeceğim!" diyerek hayata atılır. Ona göre elinde başarılı olmak için her şey vardır. Dürüsttür bir kere, karısına çocuklarına bağlıdır. Onların iyiliği için elinden geleni yapar. Para onun için amaç değil araçtır. Saflık derecesinde iyi niyetlidir. İş yerinde yükselip iyi yerlere gelmeyi düşünse de, çoğu zaman hayalleri boşa çıkar.

Yine de hep bir şeyleri değiştireceğini umar. "Aşkım, bir zengin olalım elini sıcak sudan soğuk suya sokmayacağım." şeklindeki iyimser cümlelerine, "Beni sudan hayallerle oyalama Rıfkı, Sudan bile zenginleşir de biz zenginleşemeyiz. Baksana çocuklar Afrikalılara döndü açlıktan." şeklinde gerçekçi bir yanıt alır. Vefakârdır. Çok düşüncelidir, incedir, kibardır. Karısını gerçekten sever. Karısı ne isterse yapmaya çalışır.

Elinden her iş gelir, badana yapar, duvarları sıvar. Ama onun bu özellikleri karısı tarafından takdir görmez, hep eleştirilir. Oysa o kendince kadının yaşamını kolaylaştırmaya çalışmaktadır. Eşine teknolojik ev aletleri hediye alır. Karısı bu kez de onu romantik olmamakla suçlar.

Herkesin bir hedefi olmalı diye düşünür. Onun en büyük hayali büyük bahçeli bir ev, bir araba ve mutlu bir ailedir. Fakat namuslu yoldan bunlara ulaşamayacağı için, küçük bir apartman katı alarak çekirdek ailesiyle ömrünü borç ödeyerek geçirir.

Beklentili Koca

Rutin bir hayatı sevmez. En çok sevdiği şey tüm olaylarda başrol oynamaktır. Edebiyat ve sanatla uğraşır. Felsefeyi sever. Kültürlüdür. Onun keşfettiği orijinal şeyler vardır. İlginç mekânlar, az bilinen kitaplar, unutulmuş resimler, terk edilmiş hayatlar... Hemen her şey hakkında genel bir bilgisi vardır. Seyahat etmeyi sever. Az uyur, çok gezer. Sigara, nargile ve puroya karşı meyillidir. Gerçekçi, pratik ve aklına koyduğunu yapan biridir.

Dış dünya gerçekleriyle ilgilenir, ancak bunların ne anlama geldikleri üzerine fazla düşünmez. Zevk ve heyecan veren şeyleri sever ama duyguları yüzeyseldir. Dış dünyadan gelen uyaranlara dönük yaşar. Çevre edinmeye, kariyer yapmaya ve dış görünüme çok önem verir. İlginç ve çeşitli işlere girebilmek için risk almaktan kaçınmaz. Kariyer yapmak adı altında iş arkadaşlarıyla düzenlediği seyahatleri, sohbetleri vardır.

Karısıyla gezip tozup eğlenmek ister, yaşamayı bilir ve sever. Beklentili kocanın karısı yoga yapan, açık görüşlü, kültürlü, en az üç dil bilen biri olmalıdır. Bu da yetmez, aynı zamanda bakımlı, iyi yemek yapan, her milletin yemeklerinden haberdar olan ve bunları yapabilen biri olmalıdır.

Beklentili kocanın karısından ve hayattan bir sürü beklentisi vardır ama evin nasıl döndüğü, faturaların nasıl yattığı gerçeğinden haberi yoktur.

Evlenince Değişen Koca

"Felaket! Bayağı kilo aldım Cüneyt!" şeklindeki yakınmaya "Saçmalama yavrum, bir dal gibi ince ve narinsin. Yapma böyle, üzüyorsun beni!" yanıtını veren kibar adam, evlendikten sonra büyük bir değişim geçirir. Laf arasında, "Suzan, biraz daha kilo alırsan ismini vermek istemediğim bazı organların yakında kafam kadar olacak!" der.

Evlenmeden önce gayet modern, olgun, kadın haklarının en mert ve ateşli savunucusudur. "Nedir bu ataerkil toplum yapısı yahu? Bu ayrımcılık, anamız, kadınımız dediğimiz o narin varlıklara tüm işleri yüklemek! Evlenince işleri ortak yapacağız Suzan, itiraz istemem!" şeklinde avını en can alıcı yerinden vurur. Fakat evlendikten sonra, "Yardım etmiyorsun, bari masadan çoraplarını al da sofrayı kurayım!" şeklindeki serzenişe, "Onu da ben yapacaksam niye evlendim yahu?" diyecek kadar da yüzsüzdür.

Evlenmeden önce karısına dünyanın en tatlı sözlerini söyleyen, onun yanındayken yeme içmeyi bırakın zamanı bile unutan adam, evlenince yemekten başka bir şey düşünmeyen koca göbekli dev bir yaratığa dönüşür.

Özel günleri asla unutmayan ve akla hayale gelmeyen sürprizler yapan adam artık bunları hatırlamaz olur.

Sorun yokmuş gibi davranır ya da başkaları çözsün ister. Karşısındakinin duygularını anlamaz. Söz gelişi, eşi ağlıyorsa, "Hanım bunda ağlayacak ne var?" der. Çünkü empati yapmaz.

Karısı ne yapsa bu koca türüne yaranamaz. Herkes onun önünde el pençe divan durmalıdır. İşte en çok o yorulmuştur, kadının da çalışıyor hatta aynı işi yapıyor olması olayı değiştirmez. Evdeki televizyon koltuğuyla bütünleşmiştir. Evdeki televizyon yönetimi ona aittir. Bacağını uzatıp dinlenmeli, çocuklar gürültü etmemeli, kadın en güzel yemekleri yapmalı, hep güler yüzlü olmalı ve o evdeyken asla temizlik yapmamalıdır. Eğer yapılması unutulan bir şey olursa kadına "Niye düşünemedin?" der. Yani düşünmeyi bile onun yerine kadın yapmalıdır.

Kadın Tipleri

Kocasının karısı, çocuklarının anasıdır... Evin temel direği, iç işleri bakanıdır... Şefkat timsali, fedakarlık abidesi, dır dır makinesi... Aynı anda hem soğukkanlı hem telaştadır... Yaşlı ya da genç her zaman evlendiği yaştadır. Onunla tartışılamaz, onu kimse tanımlayamaz, onsuz hayat, hayat olmaz...

Nezaket, sevgi, gözyaşı, ilgi, bakım, güzellik, temizlik, tertip... Kadınlar... Hepsi birbirine benzer ama hepsi ayrı bir tip... Görelim...

Evlenince Değişen Kadın

Evlenmeden önce "Evlenince beraber maçlara gideriz di mi?" şeklinde sorular soran, sanki kesseniz, kanı tuttuğunuz takımın renklerinde akacak, o çıtı pıtı minyon kız, evlendikten sonra kocası maç seyretmek istediğinde, "Yaprak Dökümü'nü izlemezsek o kalan tek tük saçını da ben dökerim. Seç şimdi Yaprak Dökümü mü, saç dökümü mü?" şeklinde sizi tehdit eden tuhaf tombul bir yaratığa dönüşür.

Evlenmeden önce sevgilisinin her sözüne "Senin şu felsefi sözlerin yok mu, beni benden alıyor!" yorumunu yaparak onun egosunu tavana vurdururken, evlendikten sonra kocası bir cümleye başladığında "Boş boş konuşma Rıdvan!" diyerek onu yerden yere vuran bir küçük canavarcık olur.

En büyük silahı gözyaşlarıdır. Evlenmeden önce müstakbel kayınvalidesini kendi annesinden bile çok seviyordur. Evlenince birden kayınvalidesi en büyük düşmanı oluverir.

Önceleri müstakbel kocasının kültürüne hayran o narin küçük hanımefendi, kocası kırk yılda bir eve kitap-gazete aldığında "Çoluk çocuğun rızkını kâğıt parçalarına veriyorsun!" diye söylenmeye başlar.

Onun için önceleri en önemli şey sevdiği adamken şimdi temizlik olmuştur. Titizliği takıntı derecesindedir. Bir yerde toz görse tüm evi temizler. Çamaşırlarda minicik bir leke fark etse hepsini tekrar yıkar.

Çocukları ve kocası için evde yaşamak hatta gezinmek zulümdür. Devamlı "Onu elleme, oraya oturma yeni temizledim." gibi cümleler kurar. Her yerde tertemiz, bembeyaz serilmiş örtüleri vardır. Ama bu örtüler onları mutlu değil, mutsuz eder. Desenlerini çok beğenerek aldığı yeni koltukları bile üstüne başka bir örtü örterek kullanır.

Mutedil Kadın

Sıcak ve cana yakındır. Dost canlısıdır. İnsanların evine gelmesinden hoşlanır. İyi huylu, sadık ve şefkatlidir. Kocasına değer verdiğini ona hep hissettirir. Örneğin eve geldiğinde paltosunu alır, terliğini verir. Güzel yemek kokuları zaten mutfaktan geliyordur. Kocasına nasıl olduğunu, gününün nasıl geçtiğini sorar.

Zor şartlarda hep çaba gösterir. Refah durumunda şımarmaz, çünkü refaha ermesi pek mümkün değildir. Ama kocasına o kadar bağlıdır ki, "İki gönül bir olunca samanlık seyran olur." felsefesi onun bu zorlukları rahatça atlatmasını sağlar. Asgari ücretle bile dünyanın en bakımlı kadını olmayı başarır. Gamsız ve tasasızdır. Saflık derecesinde iyi niyetlidir. Kocası ihtimal onun ilk ve son aşkı ya da en büyük aşkıdır.

Kocası o kadar mükemmeldir ki, onu başkalarına saatlerce anlatabilir. Bıkmaz, ama bazen bıktırır. Bu kadın için âşık olduğu erkek kusursuzdur, asla aldatmaz, yalan söylemez, kendisine âşıktır.

Kocasını evinin direği olarak görür, bir dediğini iki etmez. Bu tip kadının gözünde kocası asla kötü bir şey yapmaz. Ona tam bir inançla bağlıdır. Kocası her daim iyidir, fakat kocasının kötü arkadaşları vardır, ortada bir suç varsa onlarındır.

Asla Unutmayan Kadın

Bu tip kadınlar bilgisayarın hard diskine benzerler. Gerek iyi, gerek kötü hiçbir şeyi asla ve kata unutmazlar.

Evlilik, tanışma, buluşma, kaynaşma gibi özel günleri unutmadığı zaten herkesçe malumdur. Ama bu tip kadın yapılan ve yapılmayan şeyleri de unutmaz.

Kocasının bir yanlışında "Sen zaten geçen sefer de şöyle yapmıştın, şunu dedin, bunu dedin, şunu yaptın, bunu yapmadın..." diye öyle şeyleri hatırlar ki, tarih profesörünün şahında bu kadar tarihi bilgi olması bahis konusu bile değildir.

Hiçbir şeyi unutmadığı gibi susmaz da. Her şeyi abartması ve ortalığı velveleye vermesiyle meşhurdur. Bu tipin çene kasları aşırı gelişmiştir. Bir lafa başladı mı susmaz, kavga çıkar, biter, erkeğin hıncı geçeli saat hatta saatler olur ama kadının sözü bitmez. Söylenir de söylenir. Konuşur, konuşur erkeğin dinleyip dinlememesi önemli değildir. O sadece konuşur. Gözünü kırpıştırması konuşmayı sürdüreceğinin, sözlerinin henüz bitmediğinin işaretidir.

Kavga ve dırdır sanki hayatının doğal ihtiyacıdır. Ufacık bir hırda onu güre hatta gürlemeye çevirir, konu iğneden çıkmışsa onu ipliğe, ipliği yorgana, yorganı gelinlik yorganlara, oradan adamın annesinin düğün esnasında bir yorgan dahi vermediğine vardırmayı başarır ki, konu kayınvalide noktasına geldi mi artık o kadını susturmak imkânsızdır.

Cefakâr Kadın

Devamlı yorgundur. Başkalarının yüklediği bin bir türlü işi yapıp durur. Bu arada kendi işlerini de yapar. Hem dışarıda, hem evde çalışır. Hem anne, hem eş, hem ev kadını, hem iş kadını gibi birçok rolü vardır. Okumuş olması hiçbir şey değiştirmez. Sadece uğradığı haksızlığı fark etmesini sağlar. Takdir edilmek yerine daha çok tenkit edilir. Kocası onu soğuklukla, eş dost hiç aramamakla suçlar. Tipik cümlesi: "Tamam... (iç çekiş)... ben yaparım."dır.

Kendisini, kocası ve çocukları, davası veya mesleği için feda ettiğini düşünür ve bununla gurur duyar. Öfkesini ve neşesini saklar. Acı çekmenin onu özel kıldığını düşünerek, en fazla çile çeken olarak takdir bekler. Gürültülü bir şekilde etrafı temizler veya aile fertleri hep beraber otururken odayı toplamaya başlar. Kocası yanlışlıkla yardım etmeye kalksa, "Aman aman istemez. Sonra günlerce kendine gelemiyorsun.

Bu tip, evin temizliğine verdiği önemi kendisine vermez. Kendine bakmaz, kötü ya da eskimiş kıyafetler giyer. Bunun nedeni parası olmaması değildir. Ona göre kıyafete vereceği parayla çocuklara yiyecek bir şeyler yahut kitap alınabilir. Çok tutumludur. Her zaman için köşede kötü günlerde kullanmak üzere bir miktar parası vardır. Bu parayı ya göğsünde ya da bir kavanoza koyup klasik mekânı mutfağının gizli bir köşesinde saklar. Her alışverişini derin araştırmalar sonucu yarı fiyatına mal eder ve yine de bu ucuz malzemelerle mutfakta güzel yemekler yapar.

Kocası onun bu uğraşları karşısında gittikçe tembelleşir. Hayırsızın biri de olsa kadın onu terk etmez. Çocuklarının babasız kalmaması için tüm haksızlıklara ve acılara katlanır. Bu tipe karşı herkes kendini minnettar hisseder. Acısı vasıtasıyla hâkimiyet kurar. Sürekli verdiğini ve hiç almadığını vurgulayarak söylenir.

Hayatta öyle büyük tutkuları ve hayalleri yoktur. Bir ev, bir yazlık, bir araba, kötü günler için kenarda üç beş kuruş onun için yeterlidir. Çoğu zaman sabrı ve azmi sayesinde çok daha fazla şeyler de elde eder. Kazandığı parayı dişiyle tırnağıyla kazanır. Zor koşulların insanıdır. Yaşarken kıymeti fazla bilinmez, fakat cenazesine çok sayıda kişi katılır.

Kıskanç Kadın

Çizgiyi aşan kıskançlık genellikle özgüven eksikliğinden kaynaklanır.

Kıskanç kadın öküz altında buzağı arar, eğer ortada bir öküz yoksa oraya öküzü yerleştirip arayışını sürdürür. Telefonda "Merhaba" yerine "Neredesin?" der. Erkeğin cebine gelen her mesaj kadın için şüphe anlamındadır. Parmaklarının ucuna kalkıp erkeğin omzunun üzerinden mesajı okumaya çalışır.

Kocasının kıyafetlerini sürekli kontrol edip üstünde saç teli arar, bulduğu her kıl için önce mazoşistçe sevinir, sonra da üzülmeye başlar. Onun şüphesi septik kıvamdadır, şüphe etmek için şüphe eder. Erkeğin konuştuğu her kadını olası tehdit olarak algılar. İşyerinden veya geçmişten adı geçen her hatunun şeceresini ve kocasına yakınlığını öğrenmeye çalışır. Tüm bu kıskançlıklarını da normal olarak görür.

İleri vakalarda, erkeğini tanıyan, aynı yerde çalışan hatta sokakta onu gören her kadını kocasına âşık sanmaya başlar. Aşırı kıskanç kadınla birlikte olan erkekte, "Harbiden bu kadınlar bana âşık da ben mi görmüyorum? Vay be! Ben bu kadar yakışıklı mıyım?" sanrısı oluşabilir. Gayet mülayim bir erkek bile bu kıskanç kadınlar vasıtasıyla çapkınlaşabilir.

Kırsal Kadın

Bu kadın her yükü taşıyan kadına benzer. Farkı, işyerinin tarla olmasıdır. Aynı zamanda her yükü taşıyan kadın okumuşken, kırsal kadın okumamış, daha doğrusu okutulmamıştır. Hayat çizgisi evlenene kadar babası, evlendikten sonra kocası tarafından belirlenir. Rolünü kocasına ve çocuklarına bakmak olarak görmektedir. Çocukların evden ayrılmasıyla kendini işe yaramaz hissedebilir. Şehirli kadının uyuduğu sıralarda o büyük ihtimal ahırda ineklerle uğraşıyordur.

Kocasının ailesiyle beraber yaşar. Kocasından gördüğü eziyet yetmezmiş gibi, onun ailesinden de bir sürü eziyet görür. Tüm dert, çile ve yorgunluğun bedeli olarak kırkına varmadan yaşlanır. Gerçi bedence dinçtir, bıkıp usanmadan her işe koşturmasını sürdürür ama yüzündeki kırışıklıklar onu on beş yaş daha ihtiyar gösterir. Elleri nasırlıdır. Her konuda görüş sahibi olacak kadar kafa yorduğu halde fikri sorulmaz.

Erkek izin verirse söze katılır. Sahipsizdir, kocası eziyet etse bile ailesi "Kocandır döver de söver de..." diyerek onun çilelerini küçük görür.

Tüm olumsuzluklara rağmen yaşamayı becerirse, yine kendisi için değil çocukları için yaşar. Yemez yedirir, giymez giydirir, yoksa bulur yedirir. Fedakâr, cefakârdır. Tertemiz bir kalbi, yakınmayı unutmuş hatta hiç öğrenmemiş bir dili, samimi bir yapısı vardır. Tüm güçsüzlüğüne rağmen insan onun yanında kendini güvende hisseder. Bu güven boşa değildir, zira kırsal kadın sevdiklerine bir zarar gelecek oldu mu aslan kesilir.

Ocakta sac kurup bazlama yapar. Avluya çamaşır asar, yer yatağı yapar. Kırık çay demliğinde çay demler, çaydanlıktan çıkan buhara gençlik hayalleri karışır. Ahıra giderken gaz lambası şişesini boynuna asar. El örgüsü yelekler giyer. Başındaki başörtüsünü soğuk havalarda atkı olarak kullanır. Anaların özüdür. Tüm analara benzer.

Paragöz Kadın

Eş seçiminde maddiyata önem verir. Türlü dolaplar çevirip istediği erkeği elde etmiş kadın tipidir. İstediği erkek paralı olan erkektir. Yakışıklı, çirkin, yaşlı, genç olması fark etmez. Parası olduğu sürece o kişiye büyük bir aşkla bağlıdır. Bu kadın evlenmez, sanki şirket kurar. En büyük silahı kadınlığıdır. Tipik cümlesi, "Bütün ihtiyaçlarımı karşılıyor, acayip zengin!"dir. Erkekleri cüzdanlarındaki para ile değerlendirir.

Eğer eşi ona ihtiyacı olan şeyleri sağlayamıyorsa, geçimsiz ve çekilmez olur. Para onun için her şeydir. Para varsa eşiyle iyi geçinir, ancak parasızlık durumunda erkeğine hayatı çekilmez hale getirmekte çok başarılıdır. Tuttuğunu koparmasını bilir. Zeki, mantıklı ve gerçekçidir. Makyaj yapmadan bakkala bile gitmez. Bakımlıdır. Sabah uyanır uyanmaz ilk işi gözlerine rimel sürmektir. Dış görünüşü için her şeyi yapar.

Mücevheri pek sever. Genelde kocasıyla vitrin önlerinde gezer ve "A aşkım bu ne kadar güzel, a aşkım bu ne kadar zarif, a aşkım bak şu harika şey ne kadar ucuz..." gibi cümleler kurar. Kollarına bilezikler, boynuna kolyeler, kulağına küpeler takar. Aklı fikri değerli takılardadır. Birini çıkarır öbürünü takar. Hatta bazen de üçünü beşini bir arada takar.

Erkek gibidir, veresiye alışveriş eder. Borç takmadığı esnaf yoktur. Yakalanacağını anlayınca mekân değiştirir. Koca taksit ödemekten illallah eder. Dışadönüktür. Oldukça aktif bir toplumsal hayata sahiptir. Çok çabuk ilişki kurabilir, ama bu ilişkiler çoğunlukla dayanıksızdır. Topluluk içinde bulunmaktan ve kendini göstermekten hoşlanır. Rahat, neşeli ve eğlenceye düşkündür. Ne istediğini bilir ve bunu başarmak için elinden gelen her şeyi yapar, her yola başvurur.

Bir yere gidileceği zaman asla zamanında hazır olamaz. "Ay ne giyeceğim, bu takı bu kıyafete oldu mu ya, makyajım nasıl, ya giyecek doğru dürüst kıyafetim de yok ki zaten..." gibi cümlelerle adamı bekletir de bekletir...

Komşu Tipleri

Çat Kapı Komşu

Çocuk gönderip, "Ayşe Teyze müsaitseniz annem size gelecek." dediren komşu değildir, çünkü haber göndermeye gerek duymaz. Her aktiviteyi beraber yapmak ister. Komşusunun evi yabancı evi değil de sanki kendi evi yabancı evidir. Kapıda kime rastlasa bir saat lafa tutar, sonra da yine evine giderek işlerine mani olur. Zamanla kendini aileden biri zannetmeye başlayan bu tipler, ancak gece olunca, uyku münasebetiyle bir evleri olduğunu hatırlar ve gitmeyi akıl ederler.

Çat kapı komşunun bir de parazit sürümü vardır ki, evlere şenliktir... Her şeyi komşularından ister. Tuz, un, yağ, şampuan, tıraş bıçağı... Sanki evine bir şey almıyordur. "Komşu komşunun külüne muhtaçtır." sözünü fazla ciddiye almıştır. "Kalmamış" ya da "Nerede olduğunu bilmiyorum." gibi anah-

tar kelimelerle bir süreliğine kendisinden kurtulmak mümkün olsa da birkaç gün sonra yeni bir istekle yine kapıya dayanacaktır.

Eşi bile işten gelince kendi zili yerine karısının orada olacağını bildiğinden komşunun zilini çalar.

Bu tipe komşu olanlar, ya olayı kanıksayıp, artık onunla beraber yaşamaya alışırlar yahut "Kötü komşu insanı ev sahibi eder." sözünü doğrularcasına kendi evlerine taşınırlar.

Selamsız Komşu

Sesi soluğu çıkmaz ve adeta görünmez adamdır. Karşılaştığı kişilere selam vermez, bir günaydın demeye üşenir. Çoğu zaman içeriden sesi geldiği halde kapıyı açmaz. Olur da açacak olursa bile aralar tam açmaz, geleni hemen savmaya çalışır.

Asansöre binmek üzereyken, apartmanın kapısından giren başka birini görse asansörü bekletmez. Ya da asansör beklerken, yanına biri gelip onunla birlikte beklemeye başlasa, o merdivenlerden çıkmaya karar verir. Yolda görüp gülümseyen olursa, görmezlikten gelir.

Onun bu durumu diğer komşuların merakını uyandırır. Evli midir bekâr mıdır, ne yer ne içer, hırlı mıdır hırsız mıdır, bu kadar esrarengiz olduğuna göre ajan mıdır diye düşünülür. Kısa sürede hakkında gayrı resmi söylentiler dolaşmaya başlar.

Şamatacı Komşu

Bu komşu tipi evinden gelen her türlü sesle insanı rahatsız eder. Ya evde yükselen kavga sesleri vardır ya çocuk ağlaması. Sanki hiç uyumazlar. Sabahları tüm komşular onların gürültüleriyle uyanır.

Evlerinde kavga, tartışma eksik olmaz. Kavga bittikten, adam evden gittikten sonra kadın bu kez de çocuğunu döver.

Televizyonlarının sesi daima yüksektir. Sabahın köründe temizlik yapar, kabuklu çerez türlerini günün her saatinde üşenmeden saatlerce zeminde kırar, geceleri dekorasyona yönelik hareketlilik gösterip devasa eşyaları üşenmeden ve yorulmadan oradan oraya sürüklerler. Bunların evinde tadilat hiç bitmez. Senede bir hafta tatile veya memlekete gidip oh be dedirtseler de dönüşleri muhteşem olur. Tatilden dinlenmiş, enerjilerine enerji katmış olarak dönerler.

Arabalarını diğer arabaların çıkmasını engelleyecek şekilde park ederler. Yıllardır aynı apartmanda oturmalarına rağmen aşağıdan kendi zilleri yerine yanlışlıkla(!) başkalarının ziline basarlar.

Sinameki Komşu

Kulakları normal insanlardan iki buçuk kat daha hassastır. Komşu evde azıcık ses olsa, "Apartmanda yaşamayı öğrenin, halay mı çekiyorsunuz?" diye hemen kapıya gelir, gelemezse kalorifer peteğine vurmak suretiyle uyarır. Elini kapının zilinden çekmez. Devamlı bir şeylerden rahatsız olur. Asansörde ya da apartman kapısında karşılaşıldığında "Topuklarınıza basarak yürümeseniz, rahatsız oluyoruz." gibi cümleler kurar.

Zaten oynayacak yerleri olmayan çocukların sokakta top oynamalarından rahatsız olur, herkes kendi apartmanının önüne gitsin bakıyım!" diye bağırır. Pusu kurarak çocukların toplarını yakalar ve "Keseyim mi, keseyim mi?" diyerek tehdit eder.

Devamlı bir bahaneyle kapınızda biter. Sizin banyodan onun banyoya incecik bir sızıntı vardır. Çamaşır makineniz çok gürültülü çalışıyordur. Buzdolabınızın kapağını çok hızlı kapatıyorsunuz rahatsız oluyordur. Televizyonunuzu geç saatlerde kapatıyorsunuzdur, bu durumdan muzdariptir! Çok yüksek sesle konuşuyorsunuzdur, hapşırığınız çığlık gibidir, geceleri öyle bir horluyorsunuzdur ki uykusunda aniden irkiliyordur, çocuğunuz çok haylazdır... Sıralar da sıralar...

Sanki işi gücü bırakmış diğer evleri dinliyordur.

Meraklı Komşu

Bu komşu tipi, pijamasıyla balkona çıkıp elinde sigara, baykuş gibi saatlerce orada pinekleyen, yerinden bir tek tuvalet ihtiyacı için kalkan amcaları saymazsak, genelde teyzelerden oluşur. Sokaklar, cam önleri, kapının önündeki kaldırım yerleşim mekânıdır. Uyanır uyanmaz hemen başlar mesaiye. Yan komşuya günaydın demeye gider, oradan alt kata damlar. Akşama dek yüz kapının ipini çeker. Bu tip misafirlik esnasında ne çocuğunu görür, ne yeme içmeyi, habire anlatır. Çocuğu ev sahibinin yemek takımını kırmış, şu an onun önünde dünyanın en güzel zeytinyağlı sarması duruyormuş, akşama kocası eve aç gelecekmiş ve evde bir gıdım yemek yokmuş bu onu fazla bağlamaz.

Komşunun kapısı çalındı mı duramaz, kim gelmiş diye bakar. Mahalleye ve apartmana fahri muhtarlık yapar. Bu komşu tipinin her şeyi görebilmek için seri aralıklarla perdesi aralanan bir penceresi vardır. Bu pencereden korku filmlerindeki gibi gizemli bir şekilde bakar. Sokaktan kimler gelip geçiyor, komşulara kimler girip çıkıyor, hepsini görür. Duvara bardak koyup yan daireyi dinlediği de olur.

Bu tip komşu, komşu çocuklarını da gözetleyerek aileleri evde yokken, 'Nereye?', 'O yanındaki kız kim?', 'Nereden geliyorsun?' gibi sorular sorarak özel hayat, mahremiyet vesaire bırakmaz. Mutfaklara girmeye bayılır. Çöp kutularına bir göz atarak ne yenmiş, ne içilmiş onu öğrenir. Bir misafirliğe gitti mi sehpaların üstlerini parmaklamak suretiyle toz denetimi yapar.

Dedikoducudur, ayaklı gazetedir. Cümleye "Benden duymuş olmayın ama..." ya da "Ben dedikoduyu hiç sevmem..." diye başlar. Bunu bütün iyi niyetiyle yapar. Paylaşımcı ruhu, bilgiye aç halkı doyurma amacındadır. Bilgilerini güzelce biriktirir, hiçbir şeyi unutmaz. Onu besleyen şey etraftaki olumsuzluklardır. Çok hızlı konuşur. Asla kimsenin yakın arkadaşı olamaz. Çünkü ağzında bakla ıslanmadığı için hiç sır tutamaz. Ona pek sır veren olmasa da o bu ince hareketleriyle bilgi edinmeyi başarır.

Kulakları sivri ve hafif öne eğiktir. Çok iyi bir gözlemcidir. Atiktir, çeviktir. Gazeteci olamadığı için egosunu bu şekilde doyurmak zorundadır. Ona göre tek yaptığı bilgi paylaşımıdır ve bunda kötü olan ne vardır!..

Ahretlik Komşu

Gerçek komşudur. Ne derdiniz olsa koşar. Anlayışlıdır. Yemek yapmadığınız zamanlarda elinde mercimekli köftesiyle imdadınıza yetişir. Neye ihtiyacınız olsa yardım eder. Taşınma, yerleşme, parasızlık, ev içi sorun hepsinde yanınızdadır. Onun sayesinde sanki işler daha kolay çözülür. Sırrınızı verebilirsiniz, açık etmez. Fikrinize ortak, derdinize dermandır. Evine günlük kıyafetinizle gidebilir, kendi eviniz gibi rahat edebilirsiniz. Anahtarınızı unutup kapıda kalsanız yine ona koşarsınız. Komşusu açken tok yatamaz. Çarşıya, pazara giderken muhakkak size de uğrar, "Bir şey lazım mı?" diye sorar.

Çöpünüzü dışarı çıkarmışsınızdır, atmaya vaktiniz yoktur, işe giderken görüp atıverir. Evde bir şeyiniz biter, hemen gider bir koşu getirir.

Bu komşu tipi, o kadar sevilir ki sadece bu dünyada değil, öbür dünyada da kendisiyle görüşülmek istenir. O yüzden bu tipin adı özellikle Anadolu'da komşu değil "ahretlik" tir.

Makineleşmeye inat insanlığın direncidir, son kalesidir, en güçlü silahıdır. Bu devirde böyle komşuya rastlayan kişi gerçekten şanslıdır...

Komşuluk Testi

Nasıl bir komşusun?

1. **Diyelim komşunun evinde yangın çıktı, ne yaparsın?**

    A) Telaş yaparım.

    B) Hemen itfaiyeyi ararım.

    C) Evinin konumuna bağlı. Yangından benim evim de etkilenecekse hemen söndürmeye koşarım.

    D) Bırakırım yansınlar, sonuçta komşu komşunun külüne muhtaç!

2. **Komşunun kızını bir oğlanla el ele gezerken gördün ne yaparsın?**

    A) Hemen komşuma haber veririm, kızını dövmeyen dizini döver.

    B) Tüm komşulara haber veririm, bu haber kaçmaz.

C) Kızı bir kenara çeker konuşurum, sonuçta benim oğlum o çocuktan daha yakışıklı.

D) Komşumu da, kızını da tanımadığım için böyle bir soruya yanıt veremeyeceğim.

3. **Komşuna evinde çay dahi olmadığı bir sıra habersiz misafir geliyor. O da çocuğu yollayıp senden bir fincan çay istiyor. Ne yaparsın?**

A) Evde çay demleyip, kek poğaça yapıp hemen komşuma götürürüm, komşular böyle günler için var.

B) Çocuğa "Burasının Kızılay olmadığını annene söyle." derim, hıncımı alamayıp bir de çocuğun kulağını çekerim.

C) Fincanı alıp mutfağa götürürken yanlışlıkla(!) kırdığım için maalesef veremem.

D) Fincana çayı koyup kendi elimle götürürüm, sonra da misafirlerin yanında "Bunların içmeye çayları bile yok, nefesleri kokuyor, iyi ki komşuluk ölmedi de biz varız." derim.

4. **Üst komşunun oğlunun en büyük hayali iyi bir basketçi olmak ve ertesi gün okulda basket seçmeleri var. Çocuk çevrede bir basket sahası olmadığı için evdeki çöp kutusunu basket potası yapıp duvara asmış ve seçmelere çalışıyor. Ne yaparsın?**

A) Çocuğa destek olsun diye bizim çocukları yollarım, alkış falan tutup çocuğa gaz versinler.

B) Bizim çocukları yollayıp bu haddini bilmezin elini kolunu kırdırırım, bakalım bir daha değil basket, yakar top bile oynayabilecek mi?

C) Yukarı çıkar topunu keserim.

D) Çay, kek poğaça yapıp götürürüm, yorulunca yesin. Ayrıca ufak basket potalarından alıp hediye ederim. Onlar bizim geleceğimiz.

5. **En sevdiğin dizi varken elektrikler kesildi fakat yan apartmanda elektrikler var. Ne yaparsın?**

   A) Hemen çoluk çocuğu alıp giderim, o da zaten onu izliyordur.

   B) Yan apartman mı? Ben yan dairedekini bile tanımıyorum.

   C) Elektrikler gelene kadar çocuklarımla ilgilenirim, zaten başka zaman vaktim olmuyor.

   D) Cep telefonum televizyonlu, ne haber?

6. **Karşı komşunu kocasının dövdüğünü duydun, ertesi gün bir baktın ki kadının yüzü gözü mor... Ne yaparsın?**

   A) "Noldu Raziye? Kamyon çarptı galiba!" diyerek acısına acı katarım.

   B) Görmezden gelirim ki utanmasın, zaten o da o morluklardan beni göremeyecektir.

   C) Ertesi günü beklemem ki, hemen duyduğum gibi gider kavgayı ayırırım.

   D) "Mor rengin huzur verdiği doğru galiba, bu adam seni dövdükçe huzura kavuşuyor, hemen bir boşanma davası aç, yoksa sen huzur yüzü göremeyeceksin." şeklinde uyarırım.

7. **Sence komşunun kızı neden hep güzel olur?**

   A) Komşunun kazı komşuya kız görünür.

   B) Kısmet işte.

C) Sana öyle geliyor.

D) Bizim komşunun 100 kiloluk bir oğlu var.

8. **Zırt pırt sabah akşam sana gelen bir komşun var. Öyle ki neredeyse sizde kalacak. Onun yüzünden ne özel hayat kaldı ne bir şey... Ne yaparsın?**

    A) Kapıyı açmam.

    (Açmasan da gitmiyor, durmadan zile basıyor.)

    B) Başka yere taşınırım.

    (O da senle gelirse?)

    C) Açık açık konuşurum, bir daha gelmemesini söylerim.

    (Laftan sözden anlamıyorsa?)

    D) Aaa ama, saçını başını yolarım.

9. **Komşunun çocuğu senin çocuğunun kaşını yarmış, seninki ağlayarak geldi... Ne yaparsın?**

    A) Ben o çocuğun... Yani gider komşumla kavgaya tutuşurum.

    B) Çocuğuma kızarım, "Oğlum senin elin armut mu topluyordu!" derim ve diğer kaşını da ben yararım.

    C) Çocuğumu alıp atış talimi yaptırırım, ertesi gün muhakkak o çocuğun değil kaşı tüm yüzü dağılmış olmalı.

    D) Çocuğuma kavga etmenin yanlış olduğunu anlatırım, ona taş atana o ekmek vermeli ki, her gün daha çok dayak yemek için çocukları ödüllendirsin.

10. Sence en iyi komşu...

   A) Görünmez komşudur
   B) Çat kapı komşudur
   C) Yardımsever komşudur
   D) Benim hiç komşum olmadı abla... Komşum yok benim, yok benim, yoooooooooooook... Yaralıııııııııı...

11. Sence neden eski komşuluklar daha güzeldi?

   A) Çünkü eskiden fakirlik vardı, insanlar birbirine ihtiyaç duyduğu için komşuluk ediyorlardı.
   B) Tam tersi eskiden insanların durumları iyiydi, şimdi kimsede para olmadığı için ailedeki herkes çalışıyor, değil komşuyu birbirlerini bile görecek zamanları yok.
   C) Teknoloji çıktı, komşuluk bozuldu, en yakın komşum chat odasındaki komşum Kankagül!
   D) Eskiden komşuluk vardı da biz mi bitirdik!?!

Çocuk Ruhlu 70'liler

Tüm dünyada esen özgürlük akımından ve savaş karşıtlığından etkilenmiştir. Bu dönemde mini etekler tüm dünyayla birlikte Türkiye sokaklarında da görülmeye başlanmıştır. Bol paçalı pantolonlar, geniş yakalı dar gömlekler, apartman topuklu ayakkabılar giymiş; geniş kravatlar, renkli peruklar, altın madalyon ve künyeler, büyük güneş gözlükleri takmıştır.

Yazlık sinemalardaki filmin değişmesini sabırsızlıkla beklemiş ve sabretmeyi öğrenmiştir. Sinema önündeki seyyar dondurmacıdan vişneli-kaymaklı firigo almış, karate filmlerinden sonra birbirine giren mahalle gençlerinin naralarını dinlemiştir. Eurovision'a büyük umutlarla sanatçı yollayıp ama hep sonuncu olarak geri dönüşümüze tanık olmuştur.

Yabancılardan çikolata renkli şarkıcıları, yerlilerden ise Erol Evgin, Gökben, Nükhet Duru, Tülay Özer, Zerrin Özer, Cici Kızlar, Esmeray, Kurtalan Ekspress, Erkin Koray, Füsun Önal, Ajda Pekkan, Ali Rıza Binboğa, Alpay, İlhan İrem, Ömür Göksel, Semiha Yankı'yı dinlemiştir.

Hey dergisi okumuş, Murat 124'e binmiş, sigara bulamayıp tombalacıdan sigara kazanmıştır.

Sobada kestane kebap yapmış, en yakın televizyonlu komşuya koşmuş, Armstrong'un Ay'a inişini radyodan naklen dinleyip heyecanlanmıştır.

Akşamları anarşi korkusundan evinde oturarak televizyonla idare etmiş, elektriklerin kesildiği, karneyle tüp ve gaz yağı alındığı, sabun ve şeker yokluğunun had safhaya ulaştığı günlerde, anarşi ortamına rağmen çılgınlar gibi eğlenmeye gitmiştir. Yetmişlerin sonlarına doğru sağ sol çatışmalarından okula girememiş, girince çıkamamıştır.

Yollarda yoğurtçuların, balıkçıların, sütçülerin, bozacıların dolaştığı yıllarda yaşamıştır. Bakkalın Acem, balıkçının Rum, yoğurtçunun Arnavut olduğu ve herkesin kardeşçe yaşadığı günleri görmüştür.

Evinde telefon olmadığı için mektup yazmış, postacıları hasretle beklemiş, arkadaşlarına, akrabalarına yazarak içini dökmüş bu nedenle de edebi yönü gelişmiştir. Arkadaşlarıyla yaptığı Teksas, Tommiks, Zagor, Mandrake, Mister No takasları da bunun açık kanıtıdır...

Bakır kalaylı bir çamaşır kaynatma kazanında çamaşır kaynatan, bu yüzden de elleri kısa tırnaklı, çamaşır suyu ve beyaz sabun kokan anne ve anneannelerinin nasırlı elleri ile okşanmıştır.

70'li tipin en aşina olduğu cümleler, "Vay anasını sayın seyirciler" "Şakayla karışık Sadri Alışık" "Takma kafana tokadan başka şey" "Hüseyin Baradan çekilin aradan" "Zzzııtt Erenköy" "Apartman çocuğu bunlar" "Tak fişi bitir işi", çok kullandığı kelimeler de mersi, yavrum, asortik, peder, babalık, moruktur.

Mazoşist 80'liler

Türkiye'nin 67 il olduğu, terör ve anarşi hareketlerinin darbeye zemin hazırladığı, beyaz perdede pornonun ayyuka çıktığı zamanlarda yaşamıştır.

80'li tipin bina çatısına beş metrelik anten takıp üstüne de tencere kapağı bağlayan bir abisi ve anteni ayarlamak için televizyon önüne oturup, çatıdan "Oldu mu?" diye bağıran abiye cevap veren annesi vardır.

TRT'nin yayın akışının bitmesiyle çalan İstiklal Marşı için ayağa kalkmış, marşın bitiminden sonra çıkan tiz "bip" sesine rağmen televizyonu kapatmamıştır. Gorbaçov'un kafasındaki kırmızılığın ne olduğunu merak etmiş, PKK saldırılarında her gün mutlaka birilerinin öldüğünü duymuş ama anlamamış, Çavuşesku ve karısının kurşuna dizilişini TV'den seyretmiş bir tiptir o.

Erkan Yolaç'ın sunduğu Evet-hayır yarışmasına Mehter marşıyla gelip, İzmir marşıyla uğurlanıp, başını emme basma tulumba gibi sallamadan konuşmayı denemiş, her Pazar Hikmet Şimşek'in hazırlayıp sunduğu Pazar Konserini sabırla dinlemiştir.

Bay Yanlış ve Doğru Ahmet'ten trafik kurallarını öğrenmiş, "Fişini de Al Mustafali"ye karşılık "Ben yapınca alışverişi, zaten alıyorum satış fişi" replikleri barındıran Ali-Ayşegül Atik reklâmıyla vergi bilinci yerleşmiştir. 80'li tip aynı zamanda Michael Jackson'ın zenci olduğunu görebilmiş nadir şanslı kişilerdendir.

Fakat birçok evde televizyonun altında bulunan ve üzeri dantelle örtülü olan videonun evlere girmesiyle beraber 80'li tipte de önemli değişmeler görülür. Videocudan video kiralayan 80'li tip videoyla beraber mazoşistleşir. O yılların "küçük" şarkıcıları Küçük Ceylan ve Küçük Emrah filmlerini izleyen 80'li tipin bu filmlerle beraber ömrü hüzünden ve acıdan yoğrulmuştur adeta. Sanki ağlamayı sever olmuştur. Seyrettiği bu filmleri defalarca seyredip gene gene ağlar. Banu Alkanlı filmler ve yasak dans lambada 80'li tipin ruhunda onulmaz yaralar açmıştır. Yetmezmiş gibi Nuri Alço'nun genç kızları eroine alıştırarak yaptığı fena şeyler ve Tecavüzcü Coşkun da buna tuz biber eker. Tarık Akan yakışıklı jön olmaktan sıkılıp sosyal içerikli filmlere yönelse de ve kızları düştükleri tuzaktan kurtarsa da 80'li tipin zihninde chery chery lady müziği ve ilaçlı gazoz yer etmiştir bir kere...

Büyük vatkalar, klipsli kocaman küpeler uzunca bir dönem kulak memelerini yassı bir hale getirmiş, kelebek tokalar sayesinde de yüzü gayet gergin durmuştur. Aslan yelesi saçlar, şalvar model pantolonlar, dilleri dışarıda beyaz spor ayakkabılar, pantolon içindeki kazaklar, simon saçlı kızlar, permalı saçlı anneler, Batının punk gençliğinin kötü bir taklidiydi.

Fakat yine de 80'li tip, içinde biri sabunlu iki ıslak bez olan Mustili beslenme çantası, siyah ilkokul önlüğü, beyaz dantel yakası, üzerinde Arı Maya resmi olan silgileri, önünde tek arkasında iki çizgi olan külotlu çoraplarıyla mutlu bir çocuktur.

"Honki ponki toni nok/Çalona bimbo bori rok/ Muşi muşi hubobo kozi zok/Çiki çiki şayne tiki tak tooook..." şarkısı eşliğinde yapılan dansı seyretmiştir. Jules Verne romanları okumuştur. Voltran'ı, Şirinler'i, "Güç bende artık!" diyen He-man'i, Heidi ve Peter'i, animasyon kahramanı Bay Meraklı'yı, fantastik dizi Ziyaretçiler'i, mahallenin sevgi kelebeği Perihan Abla'yı, Alacakaranlık Kuşağı'nı, Köle İsaura'yı, Kara Şimşek'i, Zenginler de Ağlar'da Veronica Castro'yu, Cosby Ailesi'ni, Kavanozdaki Adam'ı, Beyaz Gölge'yi, Zorlu İkili'yi Mavi Ay'ı ve de teknik nedenlerden dolayı yayın kesildiğinde uzun süre necefli maşrapayı seyretmiştir.

Almanya'dan gelen akrabaların getirdiği "Alaman" çikolatasını yemiş, sıcak oralet içmiş, Adile Naşit'in sesinden masal dinlemiştir.

Evden çıkmayan bilgisayar çocuğu haline gelmeden çocukluğunu yaşamış, koltuk altında topla okul bahçesine yalnız giderken "Nasılsa oynayacak birileri vardır." diyebilmiştir. Akşam ezanı okunduktan sonra evlere dağılırken birisini ebeleyip kaçarak akşam ebesi oynamıştır. Defter kâğıdından yapılan külahların cephane yapıldığı "tüftüf"te elektrik borusunu silah olarak kullanmıştır. Ayak bileğine takarak top çevirmiş, seksek oynamış, bayramda mahalleye dağılıp şeker toplamış, solo testte bir piyon kalınca bilgin olmuştur.

Sokaktan geçen kasalı arabası olan satıcıların arabasının peşine takılıp kasasına binmeye çalışmıştır. Ayı oynatan ve balon satan adamların varlığına tanık olmuştur. Henüz her şey kirlenmediği için seyyar satıcılardan lahmacun, allıgüllü, emzik şekeri yemiştir. Gazetenin verdiği kâğıt evleri yapamayıp annesine babasına, komşuya yaptırmıştır. Mandaldan, kibrit kutusundan, düdüklü tencere lastiğinden türlü oyuncaklar icat etmiştir.

80'li tip, kanser yapan kokulu silginin bağımlısı olmak, leblebi tozu çekerken boğulmak, hulahop çevirirken bağırsaklarının düğümlenmesi, Çernobil faciasından etkilenen çaylardan dolayı yedi ceddinin kanser olması gibi pek çok tehlikeler de atlatmıştır.

80'li tipin en çok kullandığı cümleler ise şunlardır: "Muhallebi çocuğu" "Portakal orda kal" "Nerde trak orda bırak" "You can't touch this" "Alakaya çay demle" "Beyin fırtınası" "Versene bir fırt" "Vız gelir tırs gider" "Herıld yani"

Ara Kuşak 90'lılar

Kapitalizmin adamakıllı oturduğu, köşeyi dönmek uğruna her şeyin feda edilebileceğinin zihinlere yerleştiği yıllarda yaşamıştır.

Tarkan'dan "Kıl oldum abi", Yonca Evcimik'ten "Abone", Hakan Peker'den "Hey Corç versene borç", Mustafa Sandal'dan "Bu kız beni görmeli bana kazak örmeli", Serdar Ortaç'tan "Karabiberim", Cartel'den "Gel gel Cartele gel" gibi anlamlı ve sanatsal içerikli(!) şarkıları dinlemiştir.

Oya-Bora'nın "Ara Beni" şarkısının klipindeki figürleri ve Aşkın Nur Yengi'nin şişe çalışını taklit etmeye çalışan bir kişi ne kadar normal olabilirse o kadar normaldir.

Emrah'ın büyüdüğüne tanık olmuş, Seren Serengil filmlerini izleyerek romantizmin(!) dibine vurmuş, Yalan Rüzgârı'yla bin türlü dalavere çevirmeyi öğrenmiş, eve gelen uzaktan kumandalı televizyona hayran kalmış, stres bileziği kullanıp, bir şeye yaramayan bu bileziğe bir sürü para verdiği için stres olmuştur.

Filmlerde ve çizgi filmlerde kavga dövüş ve savaş içerikli şeyler izlemesi sokaklarda saklambaç, istop, uzuneşek oynamak yerine marangozdan alınan tahtalardan kılıç, hançer yapıp Ninja Kaplumbağalar'ı taklit etmesine neden olmuş, sokakta yere kilim sererek evcilik oynamak yerine Barbie'cilik, Cindy'cilik oynamıştır.

Doksanlı tipi kurtaran tek şey Barış Manço ve Susam Sokağı'dır. "Gel katıl bize, gir aramıza, bir fırça bir macun, tam iki dakika, aşağı yukarı, yukarı aşağı, tam iki dakika" gibi şarkılar doksanların öğreticilerindendir. Sokakta misket, kuka, birdirbir oynamasa da, Pinokyo yerine BMX bisikletiyle gezse de, Turbo'nun içinden çıkan arabaları biriktirse de, Taso oynasa da, Jurassic Park ile başlayan dinozor furyasından nasibini alsa da doksanlı tip mahalle kavramını en son yaşayanlardandır.

O çocukken fast food kültürü henüz çok fazla yerleşmediği için ekmek üstü salça ve şekerli yoğurt yeme zevkine varmış, bilgisayar kölesi olmadan çocukluğunu sokakta, mahallede geçirebilmiş ama gene de bilgisayarı kullanabilmiş geçiş dönemi çocuğudur.

İçi renkli bir sıvıyla dolu enjektör şeklindeki basmalı kalemleri, kalemlerin tepesine taktığı yaylı oyuncakları, defter kenarları kırışmasın diye taktığı ataçları, okul kapılarındaki satıcılardan aldığı küçük ve renkli kolonyaları vardır. Defterlerini takvim sayfasıyla kaplıyor ve konu başlıklarını kırmızı kalemle yazıyordur.

"Çocuk Kalbi"ni o da okumuştur. Ödevler için kullandığı kaynak ise tabi ki gazetelerden kupon biriktirerek aldığı Ana Britannica ve Meydan Larousse'tur.

Onu bekleyen muhtemel tehlikeler, plastik basmalı kalem kapağının silgi arkasını yutmak, annesinden gizli gizli meybuz yiyip faranjit olmak, ve iki binli yıllarda uçan arabaların çıkacağını sanmaktır.

Şalvar kotlar ve fosforlu bağcıklı, yanlarından ışık saçan spor ayakkabılar giymiş, sokakta paten kaymış, uzaktan kumandalı araba ile oynamıştır.

Bu tipin en çok işittiği ya da kullanıldığı cümle ve kelimeler şunlardır: "Kıl" "Sazan" "Maganda" "Âleme akalım" "İçindeki çocuğu öldürme" "Koçum" "Gibi gibi" "Karşının taksisiyim" "Kanka"

Postmodern 2000'liler

Modern olamadan postmodernizmi yaşayan bir neslin insanıdır. "Kendi yağında kavrulma" diye bir şeyden habersiz, hayatı oyun zannederek yaşar. Hayatın "download" edilmeyeceğini ve "geri al" tuşunun bulunmadığını henüz fark edememiştir. En çok kullandığı sözcük, daha doğrusu çıkardığı ses "Ya"dır. En belirgin özelliği her konuda geyik yapmasıdır.

En olmaz zamanlarda dahi kendini espri yapmaya zorlar.

Hangi milletten olursa olsun anadili İngilizce'dir. Amerikan ingilizcesi aksanıyla ve cümleleri yayarak konuşur. Rahat adamsın demek yerine sen çok large-sın, tamam yerine okey, evet yerine yes gibi kelimeleri kullanır.

Kompleksli ve özentidir. Batı hayranıdır. Hiçbir ideolojik görüşü yoktur. Maddiyatçı, benmerkezci bir tabiatı ve sığ bir yapısı vardır.

Kızlar giderek incir yaprağı ile dolaşacak kadar açılırken, erkeklerde Amerikanvari bir eğilim vardır.

Gününü gün etme, her zevkten, her renkten tatma kafasıyla davranır. Bencildir. Sokağa çıkamayan, üç yaşından itibaren bilgisayarda oyun oynayan, çamurla oynamanın, sokakta kirlenmenin ne demek olduğunu bilmeyen, tam anlamıyla çocukluğun ne olduğunu tadamayan, on birine geldiğinde makyaj yapan, bilgisayar başından kalkamadığı için birçok ortopedik sorun yaşayan, dünyayı har vurup harman savuran bir neslin bireyidir.

Bu tipin en çok kullandığı cümle ve kelimeler şunlardır: "Fay hattı" "Çarka" "Dumur olmak" "Kendine iyi bak" "Kendine iyi davran" "Reiki" "Yoga" "Yess" "Abi" "Ex sevgili" "Akıllı ol" "Uyar mı" "Kop gel" "Gülmekten yarıldık" "Koptum" "Mermi manyağı" "Kimyam bozuldu" "Aklını alırım" "İlgincime gitti" "Döncem sana" "Diyosuun" "Depresyondayım" "Manyamak" "Hayvasıııın" "İğraaanç" "Kapak olsun" "Beach club" "Gaz vermek" "Kaçanzi" "Kal geldi" "Manyak güzel" "Oldu gözlerim doldu" "Dermişim"

Sistemin Ürünü Tipler

- Magazin forever tipi
- Eller havaya tipi
- Boş gezenin boş kalfası tipi
- Düşünmeyi boş iş sayan insan tipi
- Bademcik ameliyatına giderken böbreğini kaybetmeyi kabullenmiş insan tipi
- Doğalgazın yazın ucuzlamasına sevinen insan tipi
- Hiçbir şeye şaşırmayan insan tipi
- Rock dinler gözüküp aslında pop dinleyen insan tipi
- Amerika'nın Türkiye üzerindeki oyunlarına dair komplo teorileri üreten ev kadını tipi
- Dizileri haberlerden çok merak eden insan tipi
- Gülmeye hasret insan tipi
- Bütün arkadaşları sanal ortamdan olan aşırı sosyal insan tipi

- Cep telefonu kulağına yapışmış insan tipi
- Bir şeye sevinse de, üzülse de havaya ateş edip mermiyi insana isabet ettiren insan tipi
- Aynı parayı verdiği için yaşlılara ve hamilelere yer vermeye gerek olmadığını düşünen insan tipi
- Ekmek kuyruğunda çocuğunun üstüne basıp öldüren insan tipi
- Arkadaşını 0,1 ile çarparak seçen ve ÖSS başarı sırasına göre belirleyen insan tipi
- Evini yalnız öğrenciye kiralayan ev sahibi tipi
- Çocuğunun futbolcu veya şarkıcı olmasını isteyen insan tipi
- Kızının oyuncu olup sevişme sahnelerinde oynamasına saygı duyan baba tipi
- Maaş kuyruğunda naaş olan insan tipi...
- Çalışmayan kızla evlenmek istemeyen bekâr erkek tipi
- Verilen burslara göre üniversite ve bölüm seçen öğrenci tipi

Tezgâhtar Tipleri

İşine Adanmış Tezgâhtar

İşine öyle adanmıştır ki satış yapmak için elinden gelen her şeyi yapar. Gayet özgüven doludur. Dünyanın en yakışıklı / güzel insanı olduğunu ve her müşterinin kendisine asıldığını düşünür ve bu cazibesini satış yapmak için koz olarak kullanır. Müşteri dükkâna girer girmez yanına gelir ve onunla ilgilenir, daima bir asılma havasındadır. Büyük ihtimal bu tezgâhtarın beğendiği şey alınır, ama satışı yaptıktan sonra kişiyle ilgilenmeyip az sonra gelen yeni müşteriye de aynı davranışları sergilemesiyle hayaller son bulur.

Bayansa gelen erkeğin üstünü başını düzeltmek suretiyle temasta bulunur. Kullandığı sözcükler "Ay sanki sizin için dikilmiş, tam üstünüze göre oldu.", giydiğiniz şey çok

bolsa "Zengin gösterdi." dir. Siz içinizden, "Niye, oradan fakir gibi mi duruyorum?" diye düşünseniz de kendinizi elinizde poşetler ve iki metrelik bir fişle dükkândan çıkarken bulursunuz.

Çenesi kuvvetlidir. 43 numara giyen bir beye zamanla açılır diyerek 39 numara ayakkabı satabilir. Bu tezgâhtar siz kabine girdikten otuz saniye sonra "Oldu muuu?" diye sorar, daha olmamıştır, olmadığı yetmezmiş gibi samimiyeti arttırmak adına cart diye kabinin perdesini, kapısını da açabilir. Siz daha giymedim dersiniz, o kafasını kabinden çıkartmadan "Ayy, yakışmış ama çıksanıza görelim." der.

Bu tezgâhtar tipine pazarlarda da çok rastlanır. İşine öyle adanmıştır ki erkek olmasına rağmen kadın kıyafetleri giyip "Gel abla, gel" diyerek insanları alışverişe davet eder. Bu tezgâhtar tipi en olmayacak malı, en olmayacak müşteriye itinayla satabilir, ağzı ziyadesiyle laf yapar.

En sık kullandığı cümleler şöyledir: "Bu renk sizi açtı." "Şimdi biraz sıkar ama sonra açar." "Şimdi bol durduğuna bakmayın yıkadıkça toplar." "Ayda o kadar parayı nereye vermiyoruz ki, bir haftalık sigara parası." "Önemli olan belinizin oturması." "Bunun modeli böyle dar kesim..."

Havalı Tezgâhtar

Büyük alışveriş merkezlerinde ya da "marka" yerlerde çalışan tezgâhtardır. Oranın sahibi gibi davranıp müşterilere yukardan bakar. Mağazadan içeri girdiğinizde sizi şöyle bir tepeden tırnağa süzer. Beğenmezse sizi adam yerine bile koymaz, ukalaca davranır.

Bu tipler bir şeyin fiyatının sorulmasından da hoşlanmazlar, zira "Fiyatını soruyorsa demek ki bunu alabilecek güçte değil." diye düşünürler. Fiyat sorusuna küçümser bir tarzda "Çok pahalı!" diye yanıt verenleri vardır ki, insanın dışarıdan fakir mi görünüyorum diye kendini sorgulamasına neden olurlar.

Öyle davranır ki, sanki o müşteriye değil, müşteri ona hizmet etmelidir. Kendisine de tezgâhtar dedirtmez, ya satış danışmanıdır ya da satış temsilcisi!

Mesela palto alacaksınızdır, gözünüze uzun gelir. Bu çok uzun dersiniz. "E palto alıyorsunuz, tabi uzun olacak!" der. Asık suratlı, mağazanın ona verdiği kıyafetleri giydiği için havalı ve bayansa bolca makyajlı, erkekse uzun saçlı yahut küpelidir.

Bu tezgâhtarların daha küçük mağazalarda çalışanları vardır ki, onlar da ukalalıklarından ziyade seviyesizlikleri ve asabiyetleri ile insanı alışverişten soğuturlar. Bunlar sanki mallarını satmak istemezler. Alıngandırlar.

Alacağınız şeyi söylersiniz, "Kaç tane olsun?" der. "Bir tane" deyince "Beni bir tane için mi bu kadar uğraştırıyorsun?" bakışı yapar. Bir şeye bakıp geri koyarsınız, aynı saniyede yanınızda bitip o şeyi düzeltir.

Bu tezgâhtar tipi müşteri psikolojisinden anlamaz. Tek düşüncesi "Akşam olsa da çıksam, maaş günü gelse de paramı alsam."dır...

İşyerini Kafe Sanan Tezgâhtar

İşini iyi bilmez. Müşteri dükkâna girince "Nereden de geldi şimdi bu?" der gibi bakar. Sanki müşteri onun evini işgal etmiştir yahut o sırada müşteri beklemiyordur. Müşteriye ne aradığını sormak bir kenara onu görmezden gelir. Büyük ihtimal telefonla konuşuyordur ve hiç istifini bozmaz.

Genelde okumamış, evde ailesinin baskısından bıkmış, sevgilisiyle görüşemediği için işi buna aracı etmiş bir tiptir.

Müşteriyle senli benli konuşur.

Bu tezgâhtar tipi, mesainin bitmesini istemez. İşyerinde, müşteri gelmediği sürece çok mutludur. Sohbet eder, çay kahve içer, sevgilisiyle buluşur ve tüm bunları ücretsiz hatta üstüne para alarak yapar.

Bunların bazıları ünlü olmak derdindedirler. Yalap şalap boyadıkları yüzleriyle çok güzel olduklarını düşünüp, evden çıkmanın ilk aşaması olarak işe girmişlerdir, sıradaki şey ünlü olmaktır. Muhakkak birisi onları keşfedecektir yahut hiç değilse zengin bir talip bulacaklardır.

Gardiyan Tezgâhtar

O gün moraliniz bozuktur ve sizi kendinize getirecek tek şey alışveriş yapmaktır. Birden moraliniz yerine gelir, sevinç ve heyecanla yeni bir şeyler almak için mağazaya gidersiniz. Gardiyan tezgâhtar yanınızda bitiverir. Önce güler yüzle "Hoş geldiniz efendim" der. Sonra da sizi göz hapsine alır. Önce huzurunuz kaçar, sonra neşeniz. Öyle hemen de çıkamazsınız dükkândan, hem ayıp olur fikri hem de cicili bicili şeylere bakma isteği sizi tutar.

Başlarsınız gezinmeye, tabi o da peşinizde. Askıdaki tişörtler karıştırılırken sizi baştan aşağı süzer, ses çıkartamazsınız, ama tabi tişörtlere bakılırken kafa tezgâhtardadır. Orada durur ve "Al artık ne alacaksan, beni burada bu kadar beklettin, hele bir şey almadan çık da göreyim." der gibi dikilir. Bakılır ki gardiyanın gideceği yok hemen açıklama yapma ihtiyacı duyulur: "Şey, biz bakıyorduk öyle yeni modellere, hoşumuza giderse alacağız." Hemen karşılık verir: "Tabi efendim ben buradayım." Anlamaz ki zaten sorun da onun orada olmasıdır.

Müşteriye kendini hırsız gibi hissettirir. İnsan hoşgörülü olmak adına, "Onun da ekmek kapısı burası, başımızda durmasa patronu müşteriye bakmıyor diye düşünecek, idare edeceğiz artık." diye düşünmeye çalışır ama beceremez.

Kendi aranızda sohbet ediyorsunuzdur, sevimli olmak adına daima lafa karışır, "Siz kardeş misiniz? Anneniz mi? Çok benziyorsunuz. Bence annenizin fikri doğru, öbürü size daha çok yakıştı." gibi katli vacip dedirtecek laflar eder.

Gardiyan eşliğinde zar zor bir şey seçtikten sonra denemek için kabinlere gidersiniz. Sizi takiptedir. İnsanın, "Bari kabine de gel de beraber deneyelim. Hem daha yakın oluruz." diyesi gelir. Tişört beğenilirse alınır, sorun çıkmaz, ama beğenilmezse ezile büzüle, "Biz biraz daha gezelim en iyisi." denilir. Tezgâhtar da "Tabi efendim, iyi günler..." der ama içinden neler söylediğini adeta hissedersiniz. Bir daha da o dükkâna adım atmazsınız tabi.

Müşteri Tipleri

Kararsız Müşteri

Ne istediği konusunda belirgin bir fikri yoktur. Seçeneklerin çok olması kararsızlığını daha çok arttırır. O büyük gösterdi, bu kısa gösterdi, şu çok uzun, armudun sapı üzümün çöpü gibi bahanelerle hiçbir şeyi beğenmez. Her malı dener ama bir şey almadan çıkar. En uyuz olunan müşteri tipidir. En iyi ürünü bulmak uğruna aylarını feda eder, tüm dükkânları gezer, fiyat-kalite-model karşılaştırması yapar, paranoyak hale gelir. Bundaki en büyük etken, almışken iyisini alalım, fiyat ve kalite uyumu en iyi olan ürünü alalım, ucuz bir şey alalım, zaten sıkışığız gibi görüşlerinin çatışmasıdır.

Kararsız kalınca arkadaşına akıl danışır, böylece karar vermek yerine kararsızlığı daha çok artar. Bir saat fikir alışverişi yapar. Sanki iki parça eşya almıyordur da dünyayı

kurtarıyordur. Sonra da hiçbir şey almadan yoluna devam eder.

Aslında kararsız müşteri de bu durumdan memnun değildir, bir an önce işini hallederek çıkıp gitmek ister ama bir türlü karar verememektedir. Elinden gelen bir şey yoktur. Hele bu müşteri gelinlik almaya geldiyse, değil satıcıyı damadı bile çıldırtması işten bile değildir:

Gelin: Hangi gelinliği alsam acaba?

Damat: Al işte birini Nalân!

Gelin: Nasıl al işte birini? Bu bizim en güzel günümüz!

Damat: Bu gidişle o günü göremeyeceğiz.

Gelin: Sen beni artık sevmiyorsun Bülent!

Damat: Niye sevmeyeyim yavrum, ne alakası var? Daha evlenmedik bile!

Gelin: Demek evlenene kadar! Evlenince sevmeyeceksin yani?

Damat: Yapma yavrum, saçmalıyorsun!

Gelin: Ben saçmalıyorum di mi Bülent, ben saçmalıyorum? Bu iş olmayacak anlaşıldı!

Şikâyetçi Müşteri

Her şeyden şikâyet eder, sanki alışverişe değil kavga etmeye gelmiştir. Pazara gider, pazarcıya, "Bak bak, iyilerini öne koymuşsun çürüklerini dolduruyorsun torbaya!" der. Mağazaya gider, "Aynı mal şu dükkânda daha ucuz, sizde niye pahalı, adam mı kandırıyorsunuz?" diye hesap sorar. Tezgâhtaki ya da raftaki malları didikleyip durur. Her şeyi pahalı bulur, markette dolanırken bir yandan da, ''Eskiden böyle miydi? Her şey ateş pahası olmuş.'' gibi kült cümleler kullanır. Bir kazak beğenir, sarısı var mı diye sorar. "Yok efendim, sadece mavisi kaldı." cevabını alsa "Yeşili var mı peki?" diye sorar. Maalesef derseniz, "Mavisi mi var sadece?" diye sorar. Evet derseniz "Başka rengi yok mu yani?" diyerek insanı çileden çıkarır.

Hiçbir zaman tam memnun olmaz. "Mağazadaki müzik çok yüksek" der. Tezgâhtarı beğenmez, "Hiç ilgilenmiyor." der. İlgilense, "Niye başımda dikiliyorsun." diye homurdanır. "İndirim yapamıyoruz." denildiğinde, yetkili bir kişiyle konuşmak ister. Ona göre tüm ürünler kalitesiz ve pahalıdır, kabin çok dardır, ayna şişman gösteriyordur, ortam soğuktur...

Zar zor malı alır, iki gün sonra geri getirir. Bunun rengi soldu, bu daraldı, bu çekti vs... Görevli "Efendim, yünlü kazağı doksan derecede yıkamışsınız tabi çeker." dese, mağazayı ayağa kaldırır.

Kendini beğenmiştir. Görevliye üstten bakar. Üç kuruş para verdi diye sadece o malı değil mağazayı satın aldığını düşünüp o şekilde ilgi bekler. Oradaki görevlileri kölesi sanır. Ona göre kendisi daima haklıdır.

Kötümser Müşteri

Genelde çok şişman/çok zayıf ya da çok uzun/çok kısadır. Kötümserdir, kendini beğenmez, özgüven eksikliği vardır. Bir türlü kendisine uygun bir şey bulamayacağını, bulsa da yakıştıramayacağını düşünür. Tezgâhtarın moral vermesi durumunda yaptığı alışverişin haddi hesabı olmayabilir. Çünkü yaşamında duymadığı iltifatları yalan da olsa duymak hoşuna gider.

Bazen yine umutsuzluğa düşüp, "Ayşe almış onda çok güzel duruyor, niye bana yakışmadı?" Yahut "Bu beden Hüseyin'e oldu da niye bana olmadı?" diye yine bir karamsarlığa düşebilir. O zaman tezgâhtar, bir psikolog misali müşteriyi bu olumsuz havadan çıkarıp iyimserlik aşılamalıdır. Gerekirse elindeki tüm modelleri ona göstermeli ve onunla bireysel olarak ilgilenmelidir.

Böyle bir durumda da kötümser müşteri, "Niye benle bu kadar çok ilgileniyor, kesin beni kazıklamaya çalışıyor, beni kandıracak!" fikrine kapılabilir. İşte bu noktadan sonra artık tezgâhtar ne yaparsa yapsın müşteriyi kaybetmiştir. Müşterinin yanından ayrılırsa "Gördün mü bak almayacağımı anladı, sırtını döndü, yakıştığından değil sırf kazıklamak için uğraşıyor." diyerek fikrine dayanak bulur.

Kendini Kaybetmiş Müşteri

Bu müşterinin kredi kartı mağduru olması kuvvetle muhtemeldir. Şöyle bir hava almaya çıkmışken, eve elinde hafiflemiş bir cüzdan ve bir sürü poşetle döner. Alışveriş çılgını yahut alışveriş hastası olarak bilinir. İnsanları ezer geçer. Bir liralık indirim hakkı için ortalığı birbirine katar. Lazım olan olmayan her şeyi alır. Ekmek almaya gittiği marketten bahçe makası almış olarak çıkabilir.

Bir mağazaya girdiğinde nereden başlasam diye panik yapıp nereye bakacağını bilemez, bir sürü şey beğenip karar veremez, aldıkça alır. Başkasına hediye bakıyorken bile yine kendine bir şeyler beğenir. Eğer bir kız annesiyse kız için bulunmaz nimettir, sürekli elleri, kolları poşetlerle dolu olarak gelir eve. Ha hiç parası yoksa illa alması da gerekmez, mağazalarda, alışveriş merkezlerinde şöyle bir turlaması da onu bir süreliğine kendine getirecek ve rahatlatacaktır.

Alışveriş çılgını bu tip büyük ihtimal bir kadındır ve onunla yaşamak bir erkek için bazen gerçekten güç olabilir. Adam yanlışlıkla, "Dün aldığım tişörtü değiştirmeliyim, çarşıya uğrayalım mı?" derse yanar. Çünkü bu sözden kadının çıkardığı anlam, "Haydi, seninle çılgınlar gibi alışveriş yapalım." olacaktır. Bir erkek böyle bir durumda kalmaktansa uyuşturulmadan diş çektirmeye razıdır. Bu duruma düşmemek için erkek, eşi bir mağazaya girdiğinde, "Tamam salıveriyorum seni." diyerek alışveriş çılgınının elini bırakmalıdır.

Mesleğiyle Bütünleşmiş Tip

Bazı kişiler günlük hayatlarında da meslekleriyle yaşarlar ya da yaşamak zorunda bırakılırlar.

Bunların başında doktor ve öğretmenler gelir. Doktor sürekli "Evladım, benim devamlı tansiyonum çıkıyor neden olabilir acaba?" yahut "Komşu bana bir grip aşısı vurabilir misin?" gibi bir diyalogla karşı karşıyadır.

Öğretmenin ise "Yahu bizim çocuk ödevini yapamamış, bir anlatıversen." cümlesi karşısında, "Anlatamam arkadaşım! Sen de ev hanımısın, ben sana gel bizim evin hanımlığını da yap, bir sil süpür, yemeği de koy diyor muyum? Çıkar o zaman kâğıt kalemi, hepinizi yazılı yapayım." şeklinde çıldırması an meselesidir.

Bu durumdan muzdarip diğer bir meslek mensupları da psikologlardır. Mesleği sorulduğu anda psikolojisi bozulan ve devamlı, "Delilerle uğraşa uğraşa delirmişsinizdir siz de ha ha ha ha..." şeklinde esprilere maruz kalan bu tipin temel cümlesi "Millet deliye, biz akıllıya hasret!"tir.

Yahut komedyenler... Komedyen deyince insanların zihninde, yolda bile devamlı fıkralar anlatıp gülen, her lafı espri olan biri imajı vardır. Bu kişiler artık birey olarak değil yürüyen gülme makineleri olarak görülürler.

Baba mesleğini yapanlar ise artık meslekleriyle özdeşleşmişlerdir. Soy isimlerinden çok meslekleri bilinir. Kunduracıların Şakir, Kilimcilerin Necmi, Bakırcıların Hasan gibi...

Mesleklerinden muzdarip kişilerden bir diğeri de kötü adam ya da kadın rolü üzerine yapışmış sinema oyuncularıdır. Erol Taş'ı sokakta dövmeye kalkışanlar, yolda Nuri Alço'yu görüp pis pis bakan teyzeler, Suzan Avcı'ya tövbe edip kötülük yapmayı bırakmasını nasihat edenler...

İşiyle İşi Olmayan Tip

Ne istediğini bilmeyen insandır. Büyük görünen küçük çıkarlar uğruna aslında esas büyük çıkarlarını feda etmiştir. İşiyle işi olmayan tip, en iyi ihtimalle hayatının en az üçte birini kaybetmiş insan tipidir. Geri kalan kısmı da uykuya ayırdığı varsayılırsa bu kişiye zavallı insan demek daha doğrudur. Çünkü insanın en az sekiz saati işte geçer ki, bu bir günün üçte biridir. İnsan eşinden, çocuklarından, annesinden babasından çok işini ve iş arkadaşlarını görür.

Mesleğiyle bütünleşmiş tipin tersine bu tipin işiyle işi olmaz. İşini bilmez. Bilse bile severek yapmaz. Ya ailesinin ısrarıyla ya da parası iyi olduğu için o mesleği seçmiştir. Belki de üniversite puanı boşa gitmesin diye hayatı boşa gitmiştir.

Sonuçta ya mutsuz ya da işini böyle kabullenen ve yapmayarak insanları mutsuz eden bir tip peyda olur. Çünkü onun için her sabah uyanmak, işe gitmek ölüm gibi gelir. Ayakları geri geri gider. Her şey ona angarya gelir. Daha pazartesi günü hafta sonu tatili planları kurmaya başlar. Düzeltmek için bir şey yapmak yerine devamlı eleştirir, şikâyet eder.

Yollarda gördüğümüz yorgun, asık suratlı, öfkeli, ufacık bir streste bağırıp çağıran tip işte odur. Kişi varlık sebebini gerçekleştiremediği için kendine güvenmeyen, işe yaramadığını düşünen, yaşam arzusunu kaybetmiş hem kendine hem de çevresine zararlı bir insan olur.

Bunun yerine insanlar işlerine "Yahu o kadar eğleniyorum, zevk aldığım şeyi yapıyorum, bir de üstüne para veriyorlar." düşüncesiyle gitse, iş, iş olmaktan çıksa ve bütün dünya buna inansa hayat bayram olmaz mı?

Çocuk Ruhlu Tip

Bu tip duygularını fazlasıyla belli eder. Hayal gücü kuvvetlidir. Çevresi tarafından pek anlaşılmayıp, olgun olmamakla suçlanır. Yaşı kaç olursa olsun kırılgan ve hassas bir çocuk ruhu taşır. İncinmekten ve kırılmaktan bu kadar çok korktuğu için, onu koruyabileceğini düşündüğü kişilerle evlenir. Örneğin karşı cinsten birisi bir şekilde bir derdine çare bulsa, ona bir konuda yardım etse, o kişi onun gözünde çok daha çekici biri haline gelir. Adeta büyümeye direnir. Çocuğu olduğu zaman ona aldığı oyuncaklarla çocuğundan fazla oynar. Eğlenceli bir tiptir aslında. Onunla "Zekiye Abla, benim içimde bir çocuk var." "Hamile misin?" gibi bir sohbete girilebilir.

Fakat çocuk ruhluluğun aşırısı tehlikelidir. Peter Pan sendromu dediğimiz durum yaşanabilir. Kişiler, yaşları büyük olduğu halde çocuk gibi davranırlar. Bekârlarda daha fazla görülmektedir. Bu sendrom küçüklükte, annenin baskısı ve babanın otoritesizliğinden kaynaklanabilir. Kişiler yaşamla yüzleşecek beceriden yoksun ve korunaklı dünyalarını sürdürebilecekleri kanısıyla gerçeklerden kaçarak yaşarlar. Tipik özellikleri irade zayıflığı, sözünde duramama, görünüşüne aşırı dikkat etme, kendine güvensizliktir. Kırk yaşından sonra bile çocuk gibi giyinmeye devam ederler.

Yalnızlıktan korkarlar. Uzun süreli ilişki kuramazlar. Kurdukları ilişkilerdeki eş seçimleri de hep kendilerinden oldukça genç insanlardır. Duygusal açıdan olgun değillerdir. Aşk ve sorumlulukla başları her zaman derttedir. Sorumluluktan kaçıp annelerine bağımlı bir ömür sürerler... Araba yerine motosiklete binmeyi tercih ederler. Ak düşmüş saçlarını rengârenk boyalarla örter ve etrafta yirmilik gençlere yakışacak kıyafetlerle gezerler...

Alıngan Tip

Her lafa kırılır, her sözde bir ima arar. Klasik cümlesi "Bir şey mi ima ettin?"dir. Sanki camdandır, dokunsan incinir. "Her şeyi üzerine alınma" duygusunun klinik bir vakaya dönüşmüş halidir. Aranız çok iyiyken birden arayıp sormaz olur, ne oldu diye merak edersiniz, tavşan dağa küsmüş dağın haberi olmamış misali incir kabuğunu doldurmayacak bir nedenden size darılmıştır, ama sizin haberiniz yoktur.

İşiyle ilgili olarak da çok hassastır. Herhangi bir oyun, tiyatro, skeç ya da film seyretse, hemen kendisiyle irtibatlandırır. Diyelim seyrettiği dizide bir hemşire var ve mesela doktor neşter isteyince yanılıp makas veriyor. Eğer alıngan tip bir hemşireyse hemen ayaklanır, "Haksızlık bu, biz öyle değiliz!" der.

İnsanlar onun yanında alınacak, darılacak diye sözlerini seçerek söylerler. Rahat davranamazlar. Devamlı diken üstündedirler. Kuşkucudur. Ne kendi rahat olur ne başkası... Herkesi huzursuz eder. Böylece kimseyle yakın dost olamaz. Arkadaşları alıngan tip alınacak diye havadan sudan konuşmayı tercih ederler. Gerçi o, bu sefer de "Niye benle kimse doğru dürüst ve derin konularda konuşmuyor." diye alınır. Bal alalım mı, yüzümüze renk gelsin desen, sen şimdi bana yüzün bembeyaz, sağlıksız görünüyorsun mu demek istedin diye söylenir.

Anlaşılması en zor tiplerden biridir. İnsanları tedirgin eder. Duygusaldır. Hassastır. Abartmayı sever. Buluttan nem kapar. Çocukluk yaşlarında sevimli görünse de yaşlandıkça daha da alınganlaşır ve çekilmez hale gelir.

Takıntılı Tip

Mükemmeliyetçidir. Duyguları ve zihni son derece açık ve hızlı çalışır. Oldukça zekidir. Sanatçı ve bilim adamı karakterine sahiptir. Hislidir. Onu takıntılı yapan aslında bu hisliliğidir. Her şeye kafayı takar. Dünyayı ve olayları çok ciddiye alır. Her şeyi yerli yerine oturtmaya çalışır. Planlı ve düzenlidir. Yaşamı planlar ve yapılandırır, başkalarının da aynısını yapmasını ister. Planları değişmesi gerektiğinde kendini çok kötü hisseder. Acelecidir, işleri bir an önce yoluna koymaktan hoşlanır. Küçük ayrıntıları moral bozucu bulur. Bu yüzden muhasebe, sigortacılık ve bankacılık gibi işler ona göre değildir. Karar verildiğinde kendini daha iyi hisseder.

İşinde sıkı ve güvenilirdir. Bir işi tamamlayana dek nadiren dinlenir. Bir yere mi gidilecek bir saat önceden hazır olur, iki kişi misafir gelecekse ne olur ne olmaz deyip on kişilik yemek yapar. Bir yer kirlendi mi tüm evi temizler. Bir yerin kapısı aralık kaldı mı sanki altında çivi var sanırsınız, kapıyı kapatmadan oturamaz.

Örneğin genç bir kadın ütünün fişini prizde unutup unutmadığına emin olamadığı için evden çıkarken ütüyü bir poşete koyup yanında taşıyor fakat yine de emin olamıyor, aklına acaba prizde mi unuttum düşüncesi geldiğinde emin olmak için açıp poşete bakıyormuş. İşte takıntılı tipin takıntıları bu noktaya geldi mi artık sorun teşkil ediyor demektir, normal yaşantısına devam edemez, bu yüzden bir an önce bir uzmana başvurmasında yarar vardır.

Takıntısı biraz daha hafif olan tipe halk arasında "pimpirik" denir. Pimpirik tip düzenlidir. Güvenlik onun için çok önemlidir. İnce eler sık dokur. Armudun sapı üzümün çöpü misali her şeyi irdeler. Ama her türlü bela da, sakınan göze çöp batar misali, onun başına gelir. Yenilikten hoşlanmaz, gelenekçidir. Yerleşik kurumları sürdürmeye çabalar. Ayrıntılarla boğulur. Pireyi deve eder. Gereksiz yere fazla titizlik gösterir. Fazla telaş yapar. Kıl yün derecesinde detaycıdır. Evhamlıdır. Beş dakika düşünülecek konuyu bir saat düşünen bu kişiler duygularını düzene sokmada başarılı değildirler. Hep olumsuz senaryo yazma eğilimindedirler. Bu da onları ve çevrelerindeki kişileri mutsuz eder.

Çekingen Tip

Sessiz, sakin, tepkisiz, telaşsız bir yaşam biçimini sever. Duygusaldır ama duygu ve coşkularını çok sıkı denetim altında tutar. Çok ender olarak saldırgan davranışta bulunur. Ahlâk kurallarına, kendisi hakkında başkalarının ne diyeceğine önem verir. Yaşamını başkalarına göre düzenler. Kimseyi kırmamaya çalışır. Sabırlıdır.

Sağ-sol kırılır diye, eş dost darılır diye susar, konuşmaz. Başkaları ne diyecek diye kendi mutluluklarını feda edebilir. Herkesle aynı fikirdedir, aynı fikirde olmasa bile fikrini söylemeye çekinir. Bir şey söylemeye kalksa sanki çıplakmış da herkes ona bakıyormuş gibi hisseder. Herkesin kendisini izlediğini ve açıklarını göreceğini sanıp rezil olmaktan korkar. Hiçbir zaman hiçbir şeye itiraz etmez. Hayır diyememe gibi bir özelliği vardır. Kendine güveni azdır Başkasının yanında yemek yiyemez, yerse boğazına dizilir.

Kendini kastıkça ya çatalı düşer, ya hapşırır bütün yemeği karşısındakinin suratına püskürtür...

Duygularını içe attığı için hastalandığı çok olur. Depresyon türü rahatsızlıklar yaşar.

Ne düşündüğünü kimse bilmez. Kişiliğinin büyük kısmı gizli kaldığı için onu tanımak zordur, ama tanındığında ve ortama alıştığında içinde çok canlı, esprili, neşeli birini sakladığı görülebilir. Bu özelliklerini ancak çok yakın olduğu insanlar bilir. Ancak insanları iyi tanıdığında ya da güvendiğinde iyi yönlerini ortaya koymaya başlar. En iyi yönleri içinde gizlidir. Herkese kolay alışamaz. Çabuk arkadaşlık kuramaz ama dostlarına çok değer verir.

Çoğu zaman insanlardan kaçar, kendi başına kalmak ister. Saatlerce kendi kendine oyalanabilir. Gürültülü bir ortam onun için gerilim kaynağı olabilir. Uzun süre insanlarla birlikte olmak zorunda kaldığında kendini tükenmiş ve yorgun hisseder. Ama diğer kişiler tarafından o kadar alttan alta baskı görür ki bu davranışı ve düşüncesinden dolayı suçluluk duyar.

Gözlem yeteneği çok iyidir, her ayrıntıya dikkat eder ancak yorum yapmaz. Çocuklarla iyi anlaşır. Nazik ve yardımseverdir. Temiz, düzgün ve nizamlı bir hayatı vardır. Yavaş yavaş ve alçak sesle konuşur. Ancak işleri gereği ya da önemli olduğunu düşündüğü bir şeyi başarmak istediğinde sesini yükseltmesi gerekirse bunu yapar. Fakat görevlerini yerine getirdikten sonra çabucak iç dünyasına döner.

Telefonda konuşacak şey bulamadığı için telefonda konuşmayı pek sevmez. Bir şey yapmadan önce düşünmeyi tercih eder. Yapacağı hareketi önceden düşünüp tasarlar.

Okumak, yazmak, resim, müzik gibi uğraşılardan hoşlanır. İç düşüncelerini sözel olarak ifade edemeyebilir, ancak yazma konusunda şaşırtıcı bir akıcılık ve iletişim gücü gösterebilir. İç düşünce ve duygularını böylelikle diğer insanlara aktarabilir. Kendi üzerine dikkat çeken işleri sevmez, genellikle perde arkasındadır. Okulda yeteneği fark edilmeyebilir ve insanlar onun ileriki yaşamında gösterdiği başarıya şaşırabilirler.

Palavracı Tip

Genellikle avcılık mesleğiyle iştigal ettiği düşünülse de her meslek ve kesimde temsilcileri bulunur. Abartmayı sever. Kendine yüksek miktarda sebepsiz güven duyar ya da belki kompleksleri yüzünden duyarmış gibi yapar. Aslında hiçbir becerisi yoktur, buna rağmen durmadan hava atar. Yaptığı işleri abartır. Lügatinde imkânsız diye bir şey yoktur. Bill Clinton'dan Hülya Avşar'a kadar herkesi tanır, ama hiçbirine yüz vermez. Yalancının sevimli olanıdır, çünkü yalan söylediğini herkes bilir. Ama o kadar inanarak yalan söyler ki, kendisi bile inanır söylediklerine. Onunla muhabbet kesilmez, tam tersine hayatımızı neşelendirdiği için daha sıkı fıkı olunmaya çalışılır.

Genelde "bir keresinde" diye başlayan cümlelerin sahibidir. "Bir keresinde güneye gitmiştim. Ki o zamanlar güneye bir ben gidiyordum bir de göçmen kuşlar..." diye devam eder. Herhangi bir toplantının odak noktası olarak insanların dikkatini çeker. Kendisinin ya da diğer insanların başından geçmiş ilginç öyküler anlatır. Ödünç aldığı şeylerle bile kendininmiş gibi hava atar. Günübirlik yaşar. Yaşamının heyecanlı ve değişik olmasını ister. Günlük yaşamın rutinliği onu çabucak sıkar ve bundan kaçmayı başarır.

Gezmeyi, seyahat etmeyi sever. Boş zamanlarını plansız şeyler yaparak geçirmek ister. Parası olmasa da bir eğlenceye veya seyahate borç harç bulup gider. İçinde iflah olmaz bir enerji vardır. Maceracıdır. Hareket ettikçe dinlenir, yeniliklerden ilham alır, değişime hayran olur. Yaşam monotonlaşınca bunalır, arayışa girer. Yetmiş yaşındayken bile yirmilik gençlere taş çıkarır. Hikâyeleri ağızdan ağza dolaşır.

Narsist Tip

Efsaneye göre duygusuz, taş kalpli ve gururlu Narkissos kendisine âşık bir kızın kalbini kırar. Kız kendisi gibi onun da onulmaz bir aşka tutulması için ona lanet okur. Bir yaz günü av peşinde koşmaktan yorulan Narkissos dinlenmek ve susuzluğunu gidermek için bir su kaynağının başına oturur, çimenlerin üzerine uzanır ve su içmek için kaynağa eğilir. Suda kendi aksini gören Narkissos hayretten donakalır, kendi güzelliğini seyreder. Kendine âşık olmuştur. Hiçbir zaman ulaşamayacağı, elde edemeyeceği bu aksi seyreden Narkissos, akşam olup da bu akis kaybolunca ıstıraptan erir ve ölür. Derler ki, o Narkissos bugünkü nergis çiçeğidir.

Aslında her tip biraz narsistir… Derler ya "İnsan kendini beğenmese denize atar." diye. O hesap. Ama narsist tip, Narkissos misali bu konuda biraz ileri gitmiştir. Her şeyin en iyisini kendisinin bildiğini, kendisinin yaptığını düşünür. Eleştiriyi kaldıramaz. Her yerde resimleri asılıdır, evin her köşesinde hatta mutfakta dahi bir aynası vardır. Herkese tepeden bakar.

Çok kitap okuması gerekmez, o zaten her şeyi gereğinden çok biliyordur. Biri onun düşüncelerine laf etse hemen bozulur. Diğer insanların görüşlerini dinlemez, dinlese de önem vermez. Başkaları tarafından çok soğuk biri olarak algılanır. Sanki kimseye ihtiyacı yokmuş gibi davranır. Bir şeyler bilen tek kişinin kendisi olduğunu sanır. Sahne arkasındaki işleri yapamaz, hep önde olması gerekir.

Benmerkezcidir. Her şeye kendi açısından bakar. Kendini herkesten üstün görür. Kendisi gibi düşünmeyenlerde bir bozukluk olduğunu düşünür. Başkalarının duygularını anlamaz. Kendi sevindiği bir şeye başkasının sevinmemesine, kendi üzülmediği bir şeye başkasının üzülmesine şaşar. Empati kuramaz. Sadece kendi çıkarına göre hareket edip çevresini düşünmese ve bu olay başkalarını kızdırsa, "Yahu bunda kızılacak ne var?" der. Hiç vermez ama hep almak ister. Temel cümlesi "Bana, hep bana"dır. Cümlelere genelde ben diye başlar.

Küçük bir çocukken belki de en zayıf olduğu, en çok sevgiye ihtiyaç duyduğu, en yardıma muhtaç olduğu bir anda kimseyi etrafında bulamamış, belki kimseden ihtiyacı olan şefkati, sevgiyi, anlayışı, mutluluğu görmemiş ve büyük bir öfke ile dünyaya küsmüş olma ihtimali vardır. Kimse onu sevmediği için kendi kendisini sevmeye karar vermiştir.

İş Bitirici Tip

Bu insan "derde deva hastalara şifa" tipinde bir arkadaştır. Ne zaman aransa gelir. Herkese sadece bir telefon kadar uzaktır. Onun asla mazereti yoktur. Yani her eve lazım bir tiptir. Arkadaş canlısıdır. Çalışkandır. Azimlidir, yılmaz. Soğukkanlıdır. Pratik bir zekâya sahiptir. Olaylara hemen müdahale eder, çözüm yolları üretir. Bir yandan da sizi teselli etmektedir. Sorunlara sistemli bir şekilde yaklaşır, sabırla kesin sonuçlar elde eder.

Bıkıştınız mı imdadınıza koşar, "Panik yok, hallederiz." diyerek işe koyulur. Elinden geleni yapar, sorunu çözer. Hallederiz deyip bin bir türlü çakallık yapan tiplere benzemez. Paranız bitmiştir, babanızdan isteyemiyorsunuzdur, aksi gibi en yakın arkadaşınızın da doğum günüdür. İş bitirici tip orada bitiverir. Parası olması gerekmez. Sadece para bulmakla kalmaz, ne hediye alınacağını da bilir ve hediyeyi alıp, paketletip getirir. Bir anne şefkati ve bir arı hızıyla hareket eder.

"Neden?" diye sormaz, sadece çözer. Karşılık beklemez. Ona sorunu çözmenin huzuru yeter de artar bile. Kul sıkışınca yetişen Hızır odur sanırsınız. Daima mazlumun yanındadır. Açlık, susuzluk, deprem, fırtına her türlü felakette daima yardıma hazır ve de nazırdır. Zorluklardan çekinmez ve rahatsızlık duymaz.

Dikkati kendi üzerine çekmekten sakınır, kendisinden bekleneni hiçbir takdir beklemeden sessiz sedasız yerine getirir. O görev adamıdır. Sabırlıdır ve hayatla barışık yaşar. İnsanlarla kolay anlaşır. Çok arkadaşı vardır. Telefonu devamlı çalar ve faturası da büyük olasılıkla kabarıktır.

İnsan Gibi İnsan Tip

Derviş misali bir insandır. Dost canlısıdır. İnsancıldır. Çevresinde olup biten her şeye ilgi ve sevgi besler. Sanki her şeyden o sorumlu gibidir. Kadın olsun erkek olsun ayrım yapmadan etrafındaki insanların dış görünümleriyle, hatta abartarak hayatlarıyla ilgilenip onları düzene sokmaya çalışır. Hissetme işlevi güçlü olduğundan, karşısındakinin sorunlarıyla özdeşleşir, onları kendi sorunu kabul eder. Bunun sonucunda, bir zaman sonra kendini duygusal olarak tükenmiş hissedebilir.

Mantıklı davranmayı göz ardı eder. Duyguları çok derindir. Diğer insanların kişisel gelişimine katkıda bulunma arzuları güçlüdür ve insanlar için esin kaynağı olabilir. Ama çoğu zaman da başkaları tarafından kullanılır. İyi niyetinden ve insanlara duyduğu güven yüzünden hurdaya çıkmıştır. Kazık yemeğe doymadığı gibi, insanları sevmeye de doymaz. Mevlana gibidir.

Herkesi sever. Kimseye düşmanlık ve kin beslemez. Ölümü bile sükûnetle beklemektedir. İnsanı canından bezdirecek denli aklidir.

Daha güzel, daha mutlu, daha adil, sevgi dolu bir dünya için, sevgi için, barış için, insanlık için yaşar. Kendisini asgari ücretle çalıştıran patronuna vefa borcu duyar. Durup dururken iyilik yaptığı insanlardan kötülük görmesine rağmen aynı yardımları defalarca ve hiçbir yorum yapmadan tekrarlar.

Her işte bir hayır vardır felsefesiyle hareket eder. Onun için kazanmanın birincil anlamı insan kazanmak demektir. İnsanların kalbini kırmaktan ve yanlış anlaşılmaktan çok korkar. Sırf kimsenin keyfi kaçmasın diye, mutluyum numarası yapar. Başkalarını mutlu edeyim derken kendi mutsuz olur çıkar.

Tipler Teorisi

İnsanları ortak psikolojik özelliklerine göre tiplere ayırma çabasına "tipler teorisi" adı verilir. İsviçreli psikiyatr ve felsefeci Jung (1875-1961) insanları hayata karşı yaklaşım ve olaylara tepki biçimlerine bakarak sekiz ayrı tipe ayırmıştır:

1- Dışa Dönük Düşünen Tip

Bu tipte bir insanın yaşamına nesnel düşünceler egemendir. Enerjisini öğrenmeye ve nesnel dünya hakkında bilgi toplamaya yönelten bilim adamı bu tipe girer. Bu tip kişi, duygusal yönlerini bir yana ittiğinden, diğer insanlara soğuk ve kendini beğenmiş biri izlemini verebilir.

2- İçe Dönük Düşünen Tip

Bu tipte insanın düşünceleri kendine dönüktür. Kendi benliğinin gerçekliğini araştıran bir filozof bu tipe örnek oluşturabilir. Aşırı durumlarda, araştırmalarının sonucuyla gerçeklik arasında bir ilişki olmayabilir. İçe dönük düşünen tip, dışa dönük düşünen tip gibi, kendisini duygularından korumak için onları bilinç dışına itmiştir. Duygusuz ve uzak bir insan izlenimini verir, düşünceleriyle baş başa kalmak ister. Kendisi gibi olan birkaç yakın dostunun dışında, insanlar onu pek ilgilendirmez. Genellikle inatçı, bildiğini okumak isteyen, hoşgörüsüz, gururlu, çevresindekilere küçümseyici tutumları olan iğneleyici ve yaklaşılması güç bir insandır.

3- Dışa Dönük Duygusal Tip

Duyguların düşüncelere egemen olduğu bu tipe kadınlar arasında daha sık rastlanır. Kaprisli olma eğilimindedir. Ortaya çıkabilecek küçük bir değişiklik duygularının değişmesine de neden olur. Duygusal, sürekli kendinden söz eden, gösterişi seven, duygusal, tepkileri oynak ve sürekli değişken biridir. İnsanlara kolay bağlanırsa da bu bağlar geçicidir, sevgisi kolayca öfke ve nefrete dönüşebilir. Çevresinde olan her olaya, özellikle moda olanlara kolayca katılır. Düşünce işlevleri genellikle iyi gelişmemiştir.

4- İçe Dönük Duygusal Tip

Bu tipe kadınlar arasında daha sık rastlanır. Bu tip, duygularını dış dünyadan saklayan, sessiz, ilgisiz, ilişki kurması ve anlaşılması güç biridir. Genellikle melankolik bir havası olmasına karşılık, aynı zamanda, kendine yeten ve içi huzuru olan kişi izlenimini de verebilir. Gerçekte derin ve yoğun duygularla dolu olduğundan, arada bir ortaya çıkan duygusal patlamaları çevresindeki insanlarda şaşkınlık doğurur.

5- Dışa Dönük Duyusal Tip

Daha çok erkeklerde rastlanan bu tip, gerçekçi, pratik ve aklına koyduğunu yapan bir kişidir. Dış dünya gerçekleriyle ilgilenir, ancak bunların ne anlama geldiği üzerine fazla düşünmez. Zevk ve heyecan veren şeyleri sever, ama duyguları yüzeyseldir. Dış dünyadan gelen uyaranlara dönük yaşar.

6- İçe Dönük Duyusal Tip

Dış dünyadan uzak durmayı yeğleyen bu tip, kendi duyularına yönelir. Kendi iç dünyalarını dış dünyadan daha ilginç bulur. Dıştan gözlemleyene sakin, edilgin ve davranışlarını denetim altında tutan biri izlenimini veren bu tip, duygu ve düşüncelerinin kısırlığından ötürü diğer insanların ilgisini çekemez.

7- Dışa Dönük Sezgili Tip

Genellikle kadınlarda rastlanan bu tip oynak ve tutarsız bir karaktere sahiptir. Sürekli olarak dünyadaki yenilikleri izleme çabası içindedir, ancak bir konuyu bitirmeden bir ikincisine başlar. Bunun nedeni, düşünce işlevinin kısırlığından ötürü davranışlarına, sezgilerine göre yön vermesidir. Büyük bir istekle başladığı dostlukları sürdüremez, aynı işte uzun süre çalışamaz. Dışa dönük sezgici tip için şimdi değil, gelecek önemlidir. Hiç bir kural tanımaz. Sürekli doğabilecek fırsatlar için tetikte bekler.

8- İçe Dönük Sezgili Tip

Bu tipe genellikle artistler arasında rastlanır. Bu tipte bir insan çevresindekiler tarafından çözülmesi güç bir bilmece gibi algılanır, eksantrik yanlarıyla bilinir. Tuhaf hayalleri ve uğraşları vardır. Kendisine göre, değeri anlaşılmamış bir dahidir. Törelerle ve dış gerçeklikle ilişkisi olmadığından insanlarla da iletişim kuramaz. Anlamını kendisinin de bilmediği bir imgeler dünyasında yaşar, ama bu imgelere duyduğu ilgi sürekli olmadığından bir sonuca ulaşamaz.

Temel Eğilim Kuramları

Beden yapısına göre yapılan insan tipi sınıflandırmasıdır.

Bu kuramı savunan psikologlar, bireyin beden yapısı, beden kimyası ile kişiliği arasında ilişki kurarlar. Beden yapısının kişiliği biçimlendiren temel etken olduğunu savunan yaklaşımlara "tip kuramları" denir.

Alman nöroloji ve psikiyatri uzmanı Ernst Kretschmer (1888-1964) insanları üç temel beden yapısına ayırır ve bu yapılara göre farklı kişilikler oluştuğunu ileri sürer. "Fizik ve Karakter" adlı kitabında beden yapısı ve bir takım akıl hastalıkları arasında da ilişki olduğunu savunur. Kretschmer fiziksel görünüşlerine göre tipleri şöyle belirlemiştir:

Piknik tip: Kısa boylu, kısa kol ve bacaklı, geniş gövdeli, yuvarlak hatlı, yağlanma eğilimi gösteren bir beden yapısına sahip bu tipler iradeleri güçsüz, başladıkları işi sonlandıramayan, kolay duygulanıp bunu yansıtan ama aynı zamanda canlı, neşeli, dışa dönük, insancıl tiplerdir. Piknikler suçlular arasında genel nüfusta en az temsil edilenlerdir.

Astenik tip: İnce, uzun gövdeli, uzun kol ve bacaklı, göğüs ve karın bölgesi iyi gelişmemiş zayıfça kişiler olan bu tipler içe dönük, çekingen ve soğukkanlıdırlar. Astenik tipler, hırsızlık ve dolandırıcılık suçlarında öne çıkarlar. Bu tipler şizofreniye yatkındırlar.

Atletik tip: Uzun boylu, güçlü, geniş omuzlu, kalın kemikli, dar kalçalı olan bu tipler ise yarışmayı seven gürültücü kişiliklerdir. Atletikler, şiddet suçlarında ağırlıklıdırlar. Bu tipler akıl hastalıklarına daha az yatkındırlar.

Kretschmer daha sonra bunlara ek olarak anormallik belirtisi gösteren insanların toplandığı disfazik tipi de eklemiştir.

Amerikalı araştırmacı Sheldon da Kretscher'inkine benzer şekilde üç beden yapısı tiplemesi yapar:

Endomorf: Endomorf tiplerin beden yapısı yuvarlak ve yumuşaktır. Bu tipler rahatı, zevki, yemek yemeyi ve toplumsal ilişkileri severler.

Mezomorf: Mezomorf tiplerin kas ve kemik yapıları gelişmiştir, güçlü ve adalelidirler. Bu tipler, hareketli, enerjik, atılgan ve saldırgandırlar.

Ektomorf: Ektomorf tipler, ince, uzun ve narin yapılıdırlar. Bu tipler de içe dönük, duygusal ve entelektüeldirler.

Sheldon'un endomorfik tipi Kretschmer'in piknik tipine, ektomorfik tipi astenik tipine, mezomorfik tipi atletik tipine, aşağı yukarı uyar.

- Evine gitmeye çalışan misafire illaki "Bunu saymıyoruz." der.
- Misafirle otururken değil, geçirirken sohbet etmek aklına gelir. Daire kapısının önünde sohbeti koyulaştıkça koyulaştırır.
- Tüpün gaz kaçırıp kaçırmadığını çakmakla kontrol eder, kaçırıyorsa bundan ölerek emin olmak ister.
- Yeni eşyaların jelâtinini çıkarmadan kullanır, hatta takım bozulacak korkusuyla hiç kullanmaz.
- Sinemada film izlerken oyuncuları alkışlar.
- Sorulan yeri bilmese de illaki tarif eder.
- Emniyet kemerini polis görünce takar, ölmekten değil polisten korkar.
- Ölçü birimi olarak metre, kilogram vb. şeyleri kullanmaz. Kol, kafa, öküz, bir tutam, göz kararı gibi kendine has ölçü birimleri vardır. "Valla Tahsin Abi, geçen gün manavdan bir karpuz aldım, na böyle kafam kadar." gibi...

- Sigarayı çoraba veya kulak arkasına koyar.
- Neredeyse herkese, her şeye takma isim bulur.
- Düğün, lokanta, vb. gibi yerlerde masaları birleştirerek oturur.
- Otobüs, uçak, hastane, vb. gibi cep telefonu kullanmanın yasak olduğu yerlerde gizli gizli cep telefonu ile konuşur.
- Yüzsüzce rüşvet istedikten sonra abartıp "Helal et!" der.
- "Nerelisin?" sorusuna cevap aldıktan sonra otomatikman "İçinden mi?" diye sorar.
- Yabancı dil öğrenirken önce küfürleri öğrenir, yabancılara Türkçe öğretirken önce küfürleri öğretir.
- Ortaokul ve lisedeki hatıra defterlerine yazarken "Bana kalbin kadar temiz bu sayfayı ayırdığın için..." diye başlar.
- "Geldiniz mi?" veya "Siz mi geldiniz?" gibi gereksiz sorular sorar. "Kim o?" sorusuna "Ben!" diye cevap verir.
- Çocuklara "Anneni mi daha çok seviyorsun babanı mı?" gibi sorular sorar.
- Misafirliğe gelen çocuğa "Sen artık bizim çocuğumuz ol, burada kal!" gibi ilginç(!) bir öneride bulunur.
- Tuvaleti gelince "Lavabo ne tarafta?" diye sorarak, tuvaletimi yapmayacağım, sadece ellerimi yıkamak için lavabonuzu kullanacağım mesajını verir...
- Telefonla yanlış numarayı aradığını anladıktan sonra "Peki, orası neresi?" diye sorar.
- Telefonla yanlışlıkla arandığını anladıktan sonra "Siz kimi aramıştınız?" diye sorar.

- Karşılaştığı bir tanıdığa "Hangi rüzgâr attı seni?" der.
- Yabancılardan bahsederken, "Adamlar yapmış be Abi!" diyerek hayranlığını belirtir.
- Şahin marka otomobili doğan görünümlü yapabilme özelliğine sahiptir.
- Kitap, gazete, dergi ve benzeri şeyleri tuvalette okur.
- Düğünlerde oynamayanlara, "Oynamazsan ben de senin düğünün de oynamam.", "Oynamazsan ölümü öp." gibi ikna edici sözler söyler.
- Ne görse denemek ister. Arkadaşının yeni aldığı gömlek, anneye verilen numaralı gözlük... Hiç fark etmez. Denemese olmaz, çatlar.
- El sıkışırken tuttuğu eli sallar ve de bırakmaz, saatlerce öyle el ele göz göze sohbet eder...
- Yıllardır görmediği bir tanıdığı görünce, "Hiç değişmemişsin." der.
- Sünnet pilavına çocuğun sünnet edilen kısmının da dâhil olduğunu söyleyip pilavın hiç yenmemesine neden olur.
- Yeni dökülmüş betona yazı yazıp, tarihe bir iz de o bırakır.
- Özellikle yurtta, evde geceleyin yanındakilere korkunç hikâyeler anlatır, sonra da "Korkma, korkma..." der.
- Çorabının kirlenip kirlenmediğini koklayarak test eder.
- Çiğnediği sakızı daha sonra çiğnemek üzere kafasındaki tülbende yapıştırır.
- Televizyonda yarışma izlerken evden yarışmacıya yardımcı olmaya çalışır.
- Konuklarına ısrarla fotoğraf albümü gösterir, hatta gelişen teknolojiyle düğün kasetlerini izletir.

Otobüs yolculuklarında rastlanan insan tipleri

- Yolculuk esnasında verilen müessesenin ikramı kek, kahve vb. şeylerden ikişer tane isteyen tip
- Otobüs koltuğuna oturur oturmaz anında uyuyan tip
- Yolculuk sırasında ayakkabısını çıkartan tip
- Koltuğunu arkadaki yolcunun burnuna kadar yatıran tip
- Yanındakini uyutmayan, devamlı muhabbet etmek isteyen tip
- Molalarda hep sona kalan tip
- Daima biletindeki koltuk numarasından farklı bir koltuğa oturan tip

- Sigara içmeyen şehirlerarası otobüs şoförü
- Müşteri istemeden fiş veren küçük esnaf
- Arabasının üzerine bavullarını saran Almancı
- Bu kıyafet size yakışmadı diyen tezgâhtar
- Emniyet kemeri takan taksi şoförü
- Yalan söylemeyen politikacı
- Bayramlarda el öpünce para veren yaşlı komşu
- "Atıyorum" demeden konuşabilen genç
- Söylemeden çiçek alıp gelen koca
- Yerlere çöp ve sigara izmariti atmayan normal insan
- Gideceğiniz yere en kısa yoldan götüren taksici
- Karısı çirkin ve şişman bile olsa, gözü ondan başka kimseyi görmeyen koca
- Altın günleri yerine evde oturup kitap okumayı tercih eden ev hanımı
- İstemeden zam veren patron
- Küfretmeyen taraftar
- Teneke kutulara çiçek eken teyze
- Taraf tutmayan hakem
- Depresyona girmemiş, stres olmamış insan
- Güler yüzlü devlet çalışanı

Kaynaklar

İnsanı Tanıma Sanatı - Alfred Adler

İnsan Denen Meçhul - Alexis Carrel

Arka Kapak Yazıları-Mustafa Kutlu

Dikkat Yazılı Var- Ahmet Gülüm-Kemal Gönen

Hayat Sevince Güzel-Ömer Sevinçgül

İki Yüz Elli Altı Erkek Tipi-Achim Schwarze

İnsan Tipleri-Eduard Spranger

Kaynana Kullanma Kılavuzu-Gülşah Özdemir

Kendinizle Barışık Olmak-Nevzat Tarhan

Kişiliğinizi Tanımanın Yolları-Patricia Hedges

Klasik Yunan Mitolojisi-Şefik Can

Kulak Misafiri/Elli Karakter-Elias Canetti

Kuran'da İnsan Tipleri ve Davranışları-Dr. H. Emin Sert

Türk müsün Canım?-Barbaros Uzunöner

Türkçe Erkek Sözlüğü-Gülşah Özdemir

Türkçe Kadın Sözlüğü-Gülşah Özdemir

Ciddi Ciddi Komik Kitaplar

Siz de "Zeytinyağlı yiyemem amman, basma da fistan giyemem amman" diyenlerdenseniz bu kitaplar seçiciliğinize fena halde hitap edecek!

Bu kitapları, ünlü Türk düşünürü Sibel Can'ın da dediği gibi "Senin sevdiğin hırkamı giydim, senin aldığın kitabı okudum" aşkı ve sadakatiyle okuyun, dünyaya bakışınız değişsin. Otursun dünya size baksın. Oh olsun!

Kolay, Kısa, Keyifli Kitaplar

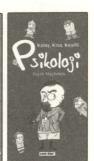

Derste, işte ya da arkadaş meclislerinde bir genel kültür sorusu sorulduğunda, "Soruyu tekrar alabilir miyim, biz daha o konuya gelmedik." gibi bahaneler bulmaya ARTIK SON!!!

Bu kitapları okuduktan sonra, felsefeyle, bilimle, edebiyatla ve psikolojiyle ilgili pek çok mevzuyu kolaylıkla anlayabilecek, hatta gerektiğinde tıkır tıkır anlatabileceksin.
Nasıl ama...

Bilginç Kitaplar

Şu ana kadar merak ettiğiniz tüm gizemli mevzuların sırrı, bu kitaplarda saklı. Bırakın, aklınızın kapıları gıcırdayarak ardına kadar açılsın. Nihahaha!!...

Bal Gibi Kitaplar

Düşündüren, eğlendiren, didikleyen, gıdıklayan, gülümseten hayat gibi, fıstık gibi, bal gibi kitaplar...

Bir Âlemsin!

facebook.com/carpediemkitap

kitabı,
son sayfasından okumaya
başlayan okura not:

beni oku!
içimdeki gölgeler
aydınlansın. beni oku!
ben okundukça kitap,
sen okudukça insansın!